APANHADORA DE PÁSSAROS

© 2023 by Editora Instante
© 2022 by Gayl Jones

Título original: *The Birdcatcher*
Publicado sob acordo com Beacon Press.

Todos os direitos reservados. Proibida a reprodução total ou parcial sem a autorização prévia dos editores.

Direção Editorial: **Silvio Testa**

Coordenação Editorial: **Carla Fortino**
Revisão: **Fabiana Medina** e **Laila Guilherme**
Capa: **Fabiana Yoshikawa**
Ilustrações: **Cássia Roriz**
Diagramação: **Estúdio Dito e Feito**

1ª Edição: 2023

Dados Internacionais de Catalogação na Publicação (CIP)
(Angélica Ilacqua CRB-8/7057)

Jones, Gayl	
Apanhadora de pássaros / Gayl Jones ; tradução de nina rizzi. — 1ª ed. — São Paulo : Editora Instante: 2023.	
ISBN 978-65-87342-47-4	
Título original: The Birdcatcher	
1. Ficção norte-americana I. Título II.rizzi, nina	
23-3069	CDD 813 CDU 82-3(73)

Índices para catálogo sistemático:
1. Ficção norte-americana

Direitos de edição em língua portuguesa exclusivos para o Brasil adquiridos por Editora Instante Ltda. Proibida a venda em Portugal, Angola e Moçambique.

Texto fixado conforme o Acordo Ortográfico da Língua Portuguesa de 1990, em vigor no Brasil a partir de 2009.

www.editorainstante.com.br
facebook.com/editorainstante
instagram.com/editorainstante

Apanhadora de pássaros é uma publicação da Editora Instante.

Este livro foi composto com as fontes Arnhem e Dazzle Unicase e impresso sobre papel Pólen Natural 70g/m² em Edições Loyola.

GAYL JONES
APANHADORA DE PÁSSAROS

romance

TRADUÇÃO
nina rizzi

instante

Para minhas editoras,
Angela Praesent (1945-2009)
e Helene Atwan

"Se desejo ilhas, outros desejam coisas piores."
Sancho Pança

LIVRO I
COMO APANHAR RAPOSAS

1

Ibiza. Saí do Brasil e estou morando na ilha caiada de Ibiza com minha amiga Catherine Shuger, escultora legalmente declarada insana, e seu marido, Ernest, escritor *freelancer* de artigos de divulgação científica. Somos todos estadunidenses expatriados: exilados.

Qualquer um que estivesse nesta varanda, envolvido pelo cheiro de laranja e eucalipto, banhado pela luz do sol, juraria que aqui é um paraíso. Mas, para falar a verdade, o lugar é repleto de perigos. Os perigos, no entanto, não são dirigidos a mim, mas a Ernest. Veja só, é que Catherine, vez por outra, tenta matar o marido. É assim há anos: ele a interna numa clínica, acha que está bem, tira ela de lá, e ela tenta matá-lo. Então a interna em outra clínica, acha que está bem, tira ela de lá de novo, e ela tenta matá-lo: seguidamente. Qualquer pessoa acharia que agora aprendemos a lição; qualquer pessoa acharia que qualquer um teria aprendido a lição, não é mesmo? Mas, por algum motivo, mantemos o otimismo, ou a pretensão, tiramos ela de lá e esperamos. Ela é como a porra de uma aranha de alçapão.

Está sentada aqui neste momento: nós duas estamos na varanda de dentes-de-leão amarelos. Estou escrevendo isto, e Catherine rabiscando no caderno de terapia que a última psiquiatra lhe disse para manter. Ernest está atrás da porta de vidro, trabalhando num artigo sobre o uso do laser na medicina. Catherine usa uma camisola de seda cor-de-rosa e um roupão de flanela azul, embora sejam duas da tarde e esteja quente como esterco recente de vaca. Por baixo, também sei o que está vestindo — cueca Lady Jockey (Olha, Amanda, a Jockey faz cuecas para mulheres! Tenho que comprar algumas!) e um sutiã Danskin champanhe (champanhe!). E parecendo tão meiga! Se você não conhece sua história, bem... poderia engoli-la do jeitinho que está agora: o queixo apoiado no pulso, as bochechas tão inocentes e rosadas quanto as de um querubim.

Os astrônomos dizem que até as galáxias engolem umas às outras; então por que não engoliríamos essa vadia tão meiga?

Seja como for, ela tenta matar Ernest: essa é toda a história, a bem da verdade. Ninguém sabe por quê, e Catherine não vai contar. O restante de nós só pode listar as tentativas: uma vez tentou derrubar uma estante de aço nele; outra, o atacou com um ferro em brasa; e numa seguinte, ainda, agarrou um raio de roda de bicicleta enferrujado quando passamos por um depósito de sucata em Detroit.

Caminhávamos por uma ruela deserta num domingo, antes do meio-dia. Quando Catherine viu o depósito, saiu correndo um pouco à nossa frente, até a cerca de malha de arame. Ao nos aproximarmos, vimos que suas mãos estavam entrelaçadas na cerca. Ficamos atrás dela, observando. Ela lembrava uma menininha com seu vestido de algodão amarelo, o cabelo com trancinhas amarrado com uma fita, as pernas arqueadas para fora do vestido, parecendo estar perpetuamente se aprontando para subir numa sela — as tais pernas arqueadas de vaqueira. Até usava meias com sapatos de salto alto — era a última moda. Parada com os pés tortos, parecia um canário espreitando da gaiola.

— Vamos, Catherine — chamou Ernest, depois de ficarmos parados ali por um tempo.

— Estou olhando para ver se tem algo que eu possa usar. Tem um monte de coisas de borracha. Tô pensando em criar uma série de esculturas de borracha. As ideias vêm surgindo, sabe?

Ela parecia de bom humor, para variar.

Parei de observá-la e olhei o prédio descorado que era o escritório central do depósito de sucata. Tinha janelas altas, então era preciso subir uma escada para espiar lá dentro. A porta era alta e estreita; só dava para passar uma pessoa de cada vez. Imaginei um daqueles bonecos gigantes — um homem com pernas de pau —, do tipo que vemos em desfiles de Carnaval, usando terno e uma cartola enorme.

— A gente volta amanhã, e aí você pode olhar tudo.

Eu me virei; Catherine se virou, lançou um pé para a frente, esticou o braço como um esgrimista, parecendo tão determinada quanto um profissional. Mas Ernest fez algo que ela não esperava; ele já tinha tirado a jaqueta de couro e a enrolado no braço — sorte ou premonição, não sei — para ter um escudo pronto. Ela golpeou o couro. Eu a agarrei por trás, pela cintura, e a segurei. Ainda estava com uma perna projetada à frente; o outro pé perdera o sapato, então ela estava desequilibrada, fácil de segurar. Ernest tirou o raio de bicicleta da mão dela e ficou parado, olhando. Ela deu um grito abrupto, como se fosse um samurai, então se acomodou em meus braços. No rosto de Ernest, uma expressão estranha e curiosa. Como na vez em que fui com uma tia à delegacia para registrar uma queixa. Havia outra mulher sentada, examinando uma pasta de fotografias numa mesa cinza de metal. Ela continuou virando as folhas até chegar à página onde viu o rosto familiar. "É este aqui", ela disse, e depois: "acho que é ele. Este aqui pode muito possivelmente ser ele". O investigador em pé atrás dela disse: "Aqui não levamos em conta o possivelmente". Quando minha tia e eu saímos, ela me disse: "Não é exatamente verdade que ali eles não levam em conta o possivelmente. Sei que eles levam em conta o possivelmente". De toda forma, a expressão daquela mulher ao ver a "possivelmente" fotografia era a expressão de Ernest encarando Catherine: "É esta aqui. Acho que é ela. Esta aqui pode muito possivelmente ser ela". Mas, em pé atrás do ombro de Catherine, era como se ele olhasse para ela e para mim ao mesmo tempo.

Enfim, ele pegou o raio da bicicleta e o jogou por cima da cerca. O objeto ficou preso no alto de um monte de sucata, como uma antena.

— Eu sei onde consertam couro — disse Catherine.

Eu a soltei.

Ernest dobrou a jaqueta, para que o rasgo não ficasse visível.

— E aí, onde querem almoçar? — perguntou ele.

— Quero ir ao Greektown — respondeu Catherine.

— Gostaria de saber aonde a Amanda quer ir. Você gosta de comida chinesa, né? — ele me perguntou.

— O Greektown está ótimo — respondi.

— Ao Greektown, então — disse ele, coçando um lado do pescoço e bufando devagar, como um pneu esvaziando.

Então agora, toda vez que ela tenta alguma coisa, é algo completamente novo, como uma inspiração. No começo eram sempre facas, então proibimos as facas, nada de facas de verdade, nem mesmo as de borracha. Agora ela precisa improvisar.

E Ernest tem que levar os laudos médicos para onde quer que vá, assim não precisa ficar explicando. Leva cópias dentro de envelopes pardos. Na verdade, eu também tenho alguns laudos médicos dela na minha mala.

Se Catherine é uma aranha de alçapão, Ernest é... Como posso descrevê-lo? Ele é adorável. Tem cor de canela e ombros largos. Eu o chamo de "o grande rio de dois corações". É preciso ter dois corações para cuidar de uma mulher difícil como Catherine. E meu marido achava que eu era uma bruxa! Comparada a ela, sou um unicórnio.

Quando Catherine não parece meiga, parece estar atrás de um vidro. Acho que é porque ela passou uma porrada de dias atrás de um vidro. O que você esperaria? Não a deixam levar nem mesmo um pó compacto quando ela vai para esses lugares, veja só, porque a embalagem contém um espelho, e temem que ela quebre o espelho, se machuque, corte os pulsos ou algo do tipo. Porém, não é a si mesma que ela tenta machucar, nunca a si mesma. Poderiam deixá-la ter todos os malditos espelhos do mundo, e não seria a si mesma que machucaria. Não. Existem vadias assim. E também existe o outro tipo — as que sempre escolhem a si mesmas. Como a mulher de quem Catherine me falou, a que enfiou o pó compacto não nos pulsos, mas na boceta, e a retalhou em pedacinhos. É cada vadia...

Não faz nem uma semana desde que Ernest a tirou do hospital em Milão e a trouxe para Ibiza. Recebi o cartão-postal dele quando eu estava no Brasil. Antigamente, eu largava tudo e ia correndo. Hoje eu vou, mas no meu tempo, e, ao chegar aonde eles estão, nem pergunto o que aconteceu. Antes eu fazia um pequeno ritual para perguntar: "Catherine, o que aconteceu?". "Acabei de tentar matar meu marido."

Agora nem pergunto, e todas as clínicas têm o mesmo cheiro, tipo filme plástico e suco de laranja. Todas de pedra e vidro. Dessa vez ela teve que atravessar a porra do Atlântico para pirar. Catherine havia acabado de vencer aquele tal prêmio de arte internacional da Itália — esqueci o nome dele, mas é muito prestigioso —, então viajaram para Milão para recebê-lo. Ela recebeu o prêmio, tudo certo, a grana e o troféu de latão e ouro. Foi com o troféu que ela tentou fazer o que sempre fazia.

Enfim, bem, eu me lembro de outra vez em que ela tentou matá-lo; eu cheguei e lá estavam eles sentados num banco, no corredor em frente a uma porta trancada, e ele segurando o cotovelo dela. Pareciam dois pombinhos. Que amor! Se todos os amantes se olhassem daquela maneira! Bem, tem gosto para tudo. E Catherine é daquelas que falam pelos cotovelos. E não é que ali ela começa a falar de cotovelos? Simplesmente tenta matar o homem e fala de cotovelos.

— Sabe, dá pra dizer a idade de alguém com base na pele do cotovelo — dá início à baboseira.

— Sério? Eu não sabia disso.

Ernest ergue os olhos e me nota ali antes de Catherine. As rugas em sua testa parecem descamar, depois se aprofundam. Quando Catherine percebe, ela pisca para mim e continua falando:

— Sim. Você puxa a pele pra cima num beliscão e, se ela voltar, você é jovem! Puxa a pele num beliscão e, se continuar para cima, você é velho.

Testou na gente.

— Estamos todos velhos, gata! — cantarolou ela.

Atrevida, Catherine apontou para mim.

— Ela quer que eu faça o teste no seu pau! — gritou.

— Para com isso! — mandou ele.

Catherine mantinha o mindinho erguido para mim, balançou-o e então o baixou, para com ele dar batidinhas no joelho.

Quando o médico chegou, Catherine, com um sorriso de palhaça estampado no rosto, desapareceu atrás da porta trancada.

Ernest e eu trocamos olhares confusos, então ele abriu a maleta para pegar os laudos médicos.

2

Preciso lhe contar mais sobre aquela mulher — a que retalhou a boceta. Na realidade, eu vi aquela dona antes de conhecer sua história. Sabe quando vemos a pessoa e só depois conhecemos sua história? Então, surge a vontade de tê-la visto só depois de ter sabido a merda toda... todas aquelas coisas boas em que teríamos reparado, mas deixamos escapar. Bem, de toda forma, por acaso eu estava sentada num banco lá no corredor ao lado da mulher. Foi numa daquelas vezes em que Catherine estava "em retiro" no lugar de "birutas" (essa é expressão dela), durante os anos em que eu corria para acudi-la. Ela estava numa sessão com a psiquiatra (ou a controladora de tráfego aéreo?), e eu precisava esperá-la no corredor. Dava para perceber que a mulher era uma paciente porque usava roupão cinza e chinelos prateados. Ficou lá sentada sem falar nada, apenas torcendo as mãos — apenas movendo uma das mãos para dentro, para fora e ao redor da outra. Finalmente a enfermeira veio e me disse que Catherine estava de volta ao quarto.

— Eu te vi sentada lá fora com a Gwendola.
"Gôndola", pensei que ela tivesse dito a princípio.
Catherine não parava de balançar a cabeça.
— Alguns tipos de mulher.
— O quê?
Ela estava sentada na cama, as costas contra a parede. Sentei na desconfortável cadeira de visitas.

— As coisas que alguns tipos de mulher fazem. E aquela mulher é inteligente também. Tem muita gente inteligente aqui. Birutas, mas inteligentes.

— O que ela faz?

Coçou o joelho, estendeu a mão para trás e coçou a bunda, depois coçou dentro da orelha.

— Sabe o que te contei sobre pó compacto?

— Sei.

— Bem, aquela querida conseguiu contrabandear um pó compacto pra cá. Foi uma de suas tias, que eu juro que deveria estar aqui, pois enfiou um pó compacto no fundo de uma cesta de Páscoa. Algum idiota examinou os coelhinhos de chocolate e outras merdas e esqueceu de olhar embaixo da forragem, e a primeira coisa que se faz quando se vasculha uma cesta de Páscoa é olhar embaixo da forragem! De toda forma, quando Gwendola pegou o pó compacto, ela começou a agir.

— Cortou os pulsos?

— Não. Enfiou na boceta. Salvaram o que puderam. Lógico que precisam esperar a cicatrização para descobrir quanto conseguiram salvar. Se fosse eu, preservaria a pereca, além de também poupar o pinguelo.

Fiz que não com a cabeça. Ela deu de ombros.

— Mas, pelo que ouvi por aí, ela vai ter sorte se ainda tiver um buraco.

Eu não disse nada. Tentei lembrar o que não havia percebido na mulher.

— É meio engraçado, sabe? Todas as birutas mulheres meio que gostam de ficar perto dela. Nós não a incomodamos, e ela não nos incomoda, e meio que gostamos de saber que ela está por perto. Já os birutas homens não querem nem saber que ela está aqui.

No corredor, Gwendola havia desaparecido, mas deixou os chinelos. Só voltei a vê-la em sonhos. Apresentarei você a ela assim que a vir.

3

Devo me apresentar também. Meu nome é Amanda Wordlaw. Que sobrenome maravilhoso para uma escritora, não? "Lei da palavra." E esse não é só o meu sobrenome artístico; é o sobrenome do homem com quem me casei. Escrevo ficção. Escrevia, pelo menos. Sobretudo romances eróticos, como aqueles romances sexuais vitorianos pouco conhecidos e prolixos. Alguns títulos, que você talvez conheça: *Contos sáficos*, *A história da outra moça*, *Não se engane com as vaqueiras*. Então alguém escreveu um artigo sobre mim numa revista: "As putinhas safadas atingiram a maioridade". Era um artigo inútil, do tipo que se esperaria caso *Almoço nu* tivesse sido escrito por uma mulher. Mesmo assim, foi quando parei com a ficção erótica e passei a escrever livros de viagem: *Diversão e sol no México*, *Paris é mesmo Cleveland?*, *Os vendedores de flores de Madagascar*, *Os curandeiros da Bahia*.

    Acho que sou uma espécie de companheira escolhida para os Shuger — observadora e ouvinte profissional que sou. As pessoas que conhecem a história dos Shuger — ou pensam que a conhecem — se perguntam por que permaneço perto deles. Não sei por que permaneço. Eu poderia tentar inventar um motivo, qualquer clichê como "Catherine é a única que me aceita sem questionar". Não é verdade. Ela é ressabiada comigo; Ernest também. São ressabiados comigo, mas também me aceitam. É como se eles precisassem de outra pessoa para testemunhar a merda, o espetáculo que fazem de si mesmos... um espetáculo privado. Catherine nunca tentou agredi-lo em público. Até mesmo naquela vez na rua em Detroit, sabe, era domingo, e o depósito de sucata estava fechado; não havia mais ninguém nas ruas, só o raio da bicicleta saindo pelas frestas da cerca de arame. E, se alguém descrevesse Catherine num palco em Milão recebendo seu troféu de arte e se virando de repente, a fim de tentar acertar Ernest, depois sendo amarrada numa camisa de força e arrastada, estaria mentindo. Ela esperou até que voltassem tranquilamente ao hotel, ainda radiantes no esplendor da noite, e Ernest apaixonado, orgulhoso dela e esquecido de que latão e ouro são perigosos.

    É isso, as tentativas de agressão nunca são públicas, são sempre em momentos privados despreocupados e inesperados. No entanto, há publicidade abundante, rumores sobre os problemas, um monte de lorota e fofoca sobre isso.

A aura de Catherine é amarela. Foi o que aquela médium nos disse uma vez — aquela mulher que se anunciava como "a grande médium afro-americana internacional" —, e Catherine não descansou até que a visitássemos. Amarelo deve ser uma boa aura, ela disse. E a minha? Ela não falou qual era a cor da minha aura, como se a assustasse ou algo do tipo. Em vez disso, começou a me contar dos problemas que eu já conhecia. Por exemplo, tenho eczema nas costas e nos ombros. Ela me contou isso. Quem precisa ser informada de algo assim, a não ser que a mulher também pudesse curá-lo? Mas ela não podia. Apenas disse que estava ali. E, também, que sou viciada em aspirina, embora tente me limitar a três dessas desgracinhas por dia. Me fale algo que possa ser resolvido, eu disse. Mas ela apenas riu e pediu a Catherine que estendesse a palma da mão para que lesse sua linha do amor.

Conte-nos como manter Catherine longe de emboscadas assassinas.

Aqui em Ibiza, Ernest arranjou uma solução temporária. Ele passa apenas os dias com a gente e à noite volta para um hotel do outro lado da ilha, deixando Catherine e eu na casa do pescador. Não me pergunte se transam de dia; essa não é minha área. Posso dizer que nunca ouvi sexo acontecendo. Existem, porém, alguns rumores maliciosos sobre nós três, e fico na defensiva quanto a isso.

O que posso dizer sobre Ibiza é que já se passou um mês todinho e Catherine ainda não tentou assassinato. E, na praia, dá para você sentar e sentir como se tivesse se tornado o sol.

Eu gosto de praias, mas Catherine gosta do que ela chama de "trilhas de burro", ruelas estreitas com prédios caiados bem compactados.

— Descobrimos Ibiza num filme de viagem — Catherine me disse. — Dá pra acreditar nisso? Só aquelas vistas aéreas maravilhosas, de um daqueles cinegrafistas aéreos... Ern escreveu um artigo sobre um deles certa vez. Sempre consigo dizer se vou gostar de um lugar se tiver uma bela vista do avião. Se me fizer pensar: Uau, vamos pousar lá e dar uma olhada nas redondezas! Aqui me lembrou Atenas, mas, para Ern, lembrou Marrocos. Ou seja, o que poderia ser melhor que Atenas e Marrocos juntos? É óbvio que Ernest não acreditava que seria tão bom quanto o filme, mas eu, sim. Simplesmente não dá pra ter uma vista aérea dessas e não ser incrível.

Ela se inclina para mim e movimenta o nariz (ela consegue fazer isso):

— Tá bom de praia pra você, querida?

— Sim.

— É óbvio que eu também gosto da "trilha de burro". Vamos sair por aí.

É óbvio que é fácil adivinhar o que Ernest mais gosta em Ibiza: o descanso ou a trégua?

(espaço para respirar)

— Você está dormindo com ele? — Catherine me perguntou certa vez, como se tivesse começado a acreditar nos rumores ou a inventar seus próprios.

— Não — respondi.

Não perguntou mais, porém, implicitamente, acho que tal fantasia ainda existe. A verdade é: no que diz respeito a Ernest, não mexo com o que não é meu. Ele não está interessado em mim. Ele é de Catherine, ou melhor, aguentando tanta merda para ficar com ela, teria que ser dela mesmo, né?

Mas não dá para controlar as merdas com que sonhamos. Uma vez sonhei que estava na varanda, e ele se aproximou de mim por trás e levantou minha saia.

— *Não se engane com os vaqueiros?* — ele disse.

— Essa história não é minha; essa história é de outra moça. Sou melhor que isso — respondi.

— Catherine não precisa saber.

Ele abaixou minha calcinha.

— Você não gosta de tocar meu instrumento?

— Não quero que ela direcione nenhuma das agressões a mim.

— Covarde.

— Não se engane com as covardes.

— Eu te amo.

— Não, não ama; você ama Catherine. Vai lá e fala isso pra ela; não seja um babaca.

— Diga que você também me ama.

— Não posso dizer que te amo. Não passei por tanta merda com você pra te dizer isso. Você passou por muita merda com Catherine pra não amá-la.

— Me chame de meu amor.

— Vou te chamar de meu amigo, amante.

Ele me fode enquanto me escoro nos trilhos de pedra branca.

Como eu disse, não dá para controlar as merdas com que sonhamos.

— "Não se sente debaixo da macieira com mais ninguém além de mim, ninguém além de mim."[1]

— Deixa ele em paz; é o homem dos *meus* sonhos — diz Catherine.

Então ela fica assistindo, um palito de dente enfiado no queixo.

Em seguida, estamos no quarto, e sou eu que estou com um palito enfiado no queixo e assistindo.

— "Sente-se debaixo da minha macieira" — canta Catherine.

Agora ela está de pernas abertas na cama. Agora ela tira o sutiã Danskin champanhe e a cueca Lady Jockey.

— Não, senta você debaixo da minha — diz ele.

Então ele está sentado na beira da cama, e Catherine canta no microfone dele. E eu, lá da porta, palitando os dentes e assistindo.

— Você não tem medo? — pergunto a ele.

Catherine vira a cabeça e sorri para mim; ela é toda cheia de dentes. Então se vira, a cabeça dançando entre as pernas dele.

— Pergunto porque ela é toda cheia de dentes.

— Não, não tenho medo. Ela é bem-educada.

— Quer um pouco? — pergunta Catherine.

— Não — respondo.

— Vem, vamos engoli-lo.

— Não, obrigada.

— Sabia que dá pra saber a idade de um homem pelo número de pregas em torno de seu pênis? Veja todos esses sulcos! Ele é velho, gata.

Ela faz aqueles ruídos de sucção do tipo que lemos naqueles quadrinhos eróticos. Ele empurra a cabeça dela, acaricia; gotas de suor na nuca, no canto das sobrancelhas.

---

[1] Trata-se do refrão de uma canção popular que se tornou famosa durante a Segunda Guerra Mundial na gravação de Andrews Sisters e Glenn Miller, "Don't sit under the apple tree with anyone else but me/ Anyone else but me". [N.T.]

James Brown ao fundo cantando: "This is a man's world... hm hm hm".[2]

— Você devia experimentar um pouquinho, melhor do que palito de dente — diz Catherine, segurando-o delicadamente entre o polegar e o mindinho. Ela lambe bem a ponta e então se levanta.

— Viu, não havia nada a temer — diz Ernest.

— Minha vez — diz Catherine, estendida como uma águia na colcha branca. Os cabelos dela são vermelhos. Os lábios parecem maiores que o normal. Vibram como asas de borboleta. São rosa-bronzeados, mas as beiradas parecem ter sido mergulhadas em sal. — Minha vez — repete.

— Não sou de engolir — Ernest responde, cruzando os braços.

— Tá vendo como os homens são? — diz Catherine, erguendo-se sobre os cotovelos.

Estou sentada no chão agora, e parece que ela está me olhando de uma colina de samambaias vermelhas.

— Como eles são?

— Você sabe, eles gostam de fazer uma mulher de chupadora de pau e aí não retribuem o favor.

Eu a encaro, ela bate as asas como se estivesse pronta para decolar.

— Sim... eu sei o que você quer dizer.

Ela se curva como uma contorcionista, desliza a própria língua em si.

Quando mostra a cabeça, é outra vez toda cheia de dentes. Parece que está fazendo um anúncio, como certa vez disse minha tia sobre um dentista local.

— E se eu a servisse à la Gwendola? Se a servisse numa travessa para você, com raminhos de salsa, limão, pimenta, molho inglês e molho de pimenta?

— Quem é Gwendola? — pergunta ele com naturalidade.

— Sinta-se feliz por eu não ser a Gwendola, senhor.

---

2   Trecho da música "It's a Man's Man's Man's World" (1966), de James Brown. [N.T.]

— E aí, quem é ela?
— Isso é assunto para nós, garotas, e você deve se sentir grato por não ter ideia de quem ela é.

Ernest, com os braços ainda cruzados, parece estar soprando bolhas. Entro em seu ângulo de visão para ele poder soprar uma em minha direção.

— Eis aqui. Venham e sirvam-se todos! Juntem-se ao banquete!
Você também já não teve sonhos nos quais sente medo de olhar?

4

— Quero charutos de folha de uva — anunciou Catherine assim que sentamos. — Não como charutos de folha de uva há séculos. Adoro.
— Você? — perguntou Ernest, e sentou na nossa frente. Ele ainda estava segurando a jaqueta como um escudo, depois a colocou na cadeira ao lado.
— Vou experimentar os charutos de folha de uva — eu disse. — Nunca comi.
— É a coisa mais deliciosa do mundo — disse Catherine.
— Quero asas de frango com pimenta verde — disse Ernest.
— Você sempre pede asas de frango. Nunca quer nada além de asas de frango.
— Você sempre pede charutos de folha de uva.
— Sim, mas Greektown é o único local onde posso comer charutos de folha de uva. Você pode comer frango em qualquer lugar, não precisa ir até a cidade para comer frango.
Quando o garçom chegou, Ernest pediu um vinho grego, seu frango e os charutos de folha de uva.
— O que achou? — perguntou Catherine, quando mordi um deles. Mastiguei. Na verdade, parecia um pouco com charuto de repolho, mas tinha um sabor que eu não conseguia identificar exatamente.
— Gostei.
— É bom demais. Como está o seu frango, querido?
— Muito bom.

— Você pode comer frango em qualquer lugar.

— Eles têm um tempero diferente aqui — defendeu Ernest.

— Não interessa o tempero, frango continua sendo uma chatice — disse Catherine. — Você ainda vai me matar de tédio. Nada me mata como o tédio.

Não dissemos nada. Catherine olhou ao redor do salão.

— Olha só, tem um china comendo comida grega. Li em algum lugar que não se deve chamar um china de china. É considerado ofensivo. Pra mim, não soa ofensivo.

— Porque você não é chinesa — disse Ernest.

— Olha só, tem um cavalheiro chinês comendo comida grega. É assim que devo dizer?

— Acho que sim — respondeu Ernest.

— Isso soa ofensivo pra mim. Prefiro ser um china a um cavalheiro chinês — disse Catherine.

— Porque você não é chinesa.

— Devo ir até lá e perguntar como ele prefere ser chamado?

— Não, Catherine.

— O que eu sou? Quero dizer, se Amanda não estivesse aqui com sua personalidade doce, incomodada e perplexa, e estivessem olhando pra este casal negro anônimo, você e eu, o que eu seria? Eles diriam: "Olha, um cavalheiro negro comendo comida grega e uma...". O que eles diriam?

Ela virou de lado e se olhou no espelho que ocupava a parede. Sua expressão mudou; tentou parecer perigosa.

— Aqui está ela, pessoal, a vadia negra perversa da galera.

— Chiu!

— Não pareço a vadia negra perversa da galera pra você?

— Não, você parece o Piu-Piu — respondi.

— Você não está aqui, lembra — disse ela, olhando na minha direção, mas sem olhar para mim. — Eles diriam: "Lá está aquele cavalheiro negro e lá está sua vadia negra perversa".

— Pensei que fosse "da galera" — interrompi.

— Você não está aqui.

— Pra ser honesto, Catherine, não me interessa nem um pouco o que diriam — disse Ernest.

A cara dela caiu. Então olhou para o meu prato.

— Se você não vai comer seus charutinhos, vou acabar com eles.

— Eu não estou aqui, lembra? — eu disse.

Ela não falou nada. Por fim, trocamos de prato. Ela comeu.

— Sabe, Ernest escreveu um artigo que, quando chega ao âmago da questão, diz, essencialmente: "Você é o que você come". Pelo que o artigo dizia, parece que os orientais são as únicas pessoas que comem *direito*; quando começam a comer comida ocidental, isso é o que realmente os escangalha. Depois que ele escreveu esse artigo, começamos a comer os alimentos recomendados. Fiquei entediada depois de uma semana. Ele também ficou entediado, mas fingiu não estar. Sabe, ele escreveu o artigo, então sentiu que devia praticar o que pregava. Eu estava morrendo de tédio. Ainda vamos buscar minhas coisas de borracha amanhã?

— Você desperdiçou sua chance para as coisas de borracha.

— Eu sei onde tem um lugar onde não tem nada além de coisas de borracha. Eles derretem borracha ou algo assim, então tudo que tem lá é material de borracha, tudo. Podemos ir até lá.

— Desperdiçou sua chance para as coisas de borracha. — Ele estava brincando agora. — Sim, você pode ter suas coisas de borracha. Mas, do jeito que tudo está indo, parece que teremos que alugar um apartamento só para as tranqueiras.

Ou Catherine olhou para mim como se eu fosse uma das tranqueiras, ou imaginei isso.

— Sabia que você não diria não ao Piu-Piu — disse Catherine.

— Como sabe que não estou dizendo não ao Piu-Piu? — perguntou Ernest com um sorriso malicioso.

Catherine retribuiu o sorriso malicioso, então se inclinou de repente, lambeu o prato e levantou a cabeça. Só então o garçom voltou para retirar a mesa. O sorriso malicioso dela caiu sobre ele.

— Os gregos comem comida chinesa? — perguntou, olhando ao redor.

Lá fora, Catherine deu um tapinha na barriga. Fomos perambular.

— Foi um bom *repasto* — disse ela. — Você tem um chiclete?

— Por que estou sempre aqui quando você quer alguma coisa? — perguntei, tirando da bolsa um chiclete de hortelã.

— Não sei; por que está?

Entreguei o chiclete. Ela riu e correu à nossa frente. A meia de um de seus pés tinha entrado no sapato. Ela desapareceu ao dobrar uma esquina.

— Vou na frente — sugeri.

Ernest balançou a cabeça.

Nós caminhamos.

Catherine ressurgiu virando a esquina, perambulando, mascando o chiclete, parecendo que não nos conhecia. Passou por nós, tirou um chapéu imaginário.

— Muito prazer!

Viramos, esperamos por ela. Ela deu meia-volta e se juntou a nós, correndo.

— São vocês? — Ela olhou como uma velhinha que tinha esquecido os óculos. — Eu não sabia que eram vocês. Pensei que fosse o cavalheiro negro da galera e sua dama, mas de fato são vocês, né?

— Quem somos nós? — perguntei.

Ernest simplesmente permaneceu parado.

— Eu não vou dizer. Você não vai conseguir extrair isso de mim. Pode me bater com uma mangueira de borracha que não digo.

— Até o Piu-Piu está dizendo não hoje — disse Ernest.
— Nada de coisas de borracha.
— Nem mesmo um elástico?
— Nem mesmo um elástico.
— Como você quer que eu trabalhe se continua limitando meus materiais?
— É você que limita seus materiais — respondeu ele. Em seguida, saiu andando.
— Venham ver a nova exposição de Catherine Shuger, pessoal. Catherine Shuger, a única escultora que trabalha com pudim de chocolate e uma colher!
— Isso já foi feito — eu disse.
— Já? — Catherine ficou ali, parecendo que realmente achava que já fora feito.
— Vamos — disse Ernest.
Nós o seguimos como galinhas.

5

Fique longe de depósitos de sucata e fábricas de borracha.

6

No ateliê de escultura de Catherine, sempre está tocando música, principalmente jazz — Satchmo, Miles, Tyner, o grande Trane. Às vezes, porém, toca ópera — *Carmen, La Bohème, As bodas de Figaro, Pagliacci, Orfeu e Euridice, Tannhäuser, A flauta mágica*. Agora, ao entrar, *Bitches Brew*, de Miles Davis, voa dos alto-falantes, e ela está de pé em frente à sua mesa de trabalho, colando penas de madeira numa escultura chamada *Apanhadora de pássaros*, feita de pedaços de madeira, alumínio e objetos encontrados, obra que ela continua desmontando e reorganizando, na qual vem trabalhando, intermitentemente, há anos, como a escultura de quebra-cabeça daquele sujeito, exceto pelo fato de que a própria artista não consegue decidir onde colocar e manter cada peça.

Sento num palete que ela deixa para mim no canto da sala. Sento com os joelhos levantados, os braços sobre os joelhos e o queixo apoiado nas mãos. Não a perturbo enquanto ela enruga a testa. Sento como se fosse uma estátua de gato e observo.

— Você ainda tem aquela moeda de guerra? — pergunta por cima do ombro.

— Tenho.

Procuro por ela nos bolsos da minha *pantacourt*, começo a me levantar.

— Joga.

Ela pega.

É uma moeda acinzentada, feita durante a guerra, quando estavam sem cobre. Nós duas somos "bebês de guerra".

— Vou arranjar um lugar pra ela — diz, colocando a moeda no canto da mesa com outros objetos encontrados: conchas, elásticos, fragmentos de sabe-se lá o quê.

— Está bonita — eu digo. — Gosto dessa.

— Não, ela não está direita; ainda não está direita.

— Acho que você nunca vai querer terminar.

Acho que ela gosta de destruir e recriar. Acho que ela adoraria ficar nisso para sempre.

— Não está direita.

Não está direita: ninguém deve comer o pão e beber o vinho a menos que esteja direito, dizem na igreja de Testemunhas de Jeová em que cresci. Então ninguém nunca come e bebe porque ninguém nunca está direito. Exceto às vezes, quando um velhinho ou uma velhinha come e bebe. Eu não conseguia acreditar que tudo que tinha de fazer para ser direita era envelhecer.

Quando eu estava no Brasil, Catherine me enviou uma carta: "Sinto sua falta, companheira. Sinto falta de ver seu rosto sorridente. Estamos morando na ilha caiada de Ibiza, terra de expatriados, de miragens, de fortalezas. Venha ficar com a gente".

Meu rosto nem sempre é sorridente, mas, sempre que ela me pede para ficar com eles, eu vou. Às vezes vou de cara fechada, imaginando qual a nova merda que Catherine vai aprontar.

Ernest diz que minha presença deixa Catherine feliz, mas Catherine sempre me lembra *Mulher e bicicleta*, do De Kooning; nunca se sabe onde o verdadeiro sorriso está; sorriso = rindo mostrando os dentes.

— O que faríamos sem você? — diz Catherine quando chego.

Ernest beija meu rosto, e lá está Catherine parada na porta usando um vestido amarelo. Desde que a médium disse que sua aura era amarela, ela se veste de amarelo. Ela sorri para mim, e sorrio de volta, depois também dou um beijo nela.

— Você se divertiu no Brasil? — pergunta. — Aproveitou bem?

— Sim.
— Conheceu alguém especial?
— Não.
— Lógico que conheceu.
— Você parece um canário.
— Mas você não contaria pra gente, né?
Seu nariz negro possui duas sardas e uma verruga.
Ela me abraça e permanece perto do meu rosto. Eu me afasto como sempre faço, para manter pelo menos parte do meu próprio espaço.
— Você sabe quanto me faz feliz?
Eu a sigo para dentro de casa.

Hoje noto uns grisalhos no cabelo de Catherine. Ela levanta a mão e enxuga o suor da testa. Tem costeletas e pontas grisalhas.
Ernest põe a cabeça na porta do ateliê de Catherine para espiar.
— Ah, você tá trabalhando. — Ele entra, fica observando Catherine por um momento. — Ainda nessa coisa estranha? Toda vez parece igual para mim. Por que não faz outra? Ela só tá te atrasando, me parece. Faz outra.
— Antes você dizia que eu era muito impaciente, pulando sempre pra próxima coisa.
— Bem, existe um meio-termo, querida; existe algo como um meio-termo.
Ela olha para ele como se fosse o meio-termo querido.
— Quero trabalhar nesta — resmunga Catherine.
— Como quiser.
Ele se vira para mim. Olho para a verruga em sua bochecha, depois para seus olhos castanhos brincalhões.
— Amanda, o que tá fazendo, querida? Nada? Saia daí e venha conversar comigo.
Ele pega minha mão e me puxa. Catherine olha para a gente, murmura qualquer coisa e continua com sua montagem.
— E aí, como está? — pergunta ele quando saímos.

— Estou bem.

Ele ainda segura minha mão. Uma veia em forma de Y no dorso da mão dele salta. Quando me solta, a veia relaxa. Observo o labirinto de veias azuis contra sua pele negra e corada. Há também uma verruga no dorso da sua mão.

Aproxima a poltrona da minha. O que estamos contemplando? Deve ser o céu azul. Azul como suas veias? Quando ele agarra o braço da cadeira, o Y salta novamente. Y =?

— O Brasil te tratou bem? Deve ter tratado. Você está muito bem. O que estava fazendo lá, afinal?

— Pesquisando.

— Novo romance?

— Não, outro livro de viagens. Na verdade, um guia das plantas medicinais da região.

— Parece interessante.

— Quero que ela fale sobre o sujeito que conheceu. — Catherine entra, emburrada. — Ela nunca fala sobre seus novos companheiros.

— Eu já te disse que não conheci ninguém especial.

— Você é uma mentirosa. Está radiante. Não pode estar assim sem que esteja apaixonada. Ela não está radiante, Ern?

— Como um vaga-lume.

— Quem você conheceu?

Ernest está parado atrás de Catherine, a mão no ombro dela.

— Tenho que ir — diz ele.

— Você acabou de chegar.

— Eu sei, mas passei o dia todo escrevendo aquele artigo sobre o uso do laser. Estou exausto.

— Você está estragando as coisas.

— Tomarei café da manhã com vocês amanhã.

— Amanda está aqui pra te proteger; você não precisa ter medo do escuro.

Ernest franze as sobrancelhas, olha para mim. Minha testa parece feita de manteiga.

Catherine faz beicinho, se vira de repente e o beija. Ele desaparece por trás da cabeça dela.

Quando o rosto dele ressurge, o lábio inferior está sangrando.

— Vou buscar água oxigenada — digo, enquanto me levanto da espreguiçadeira.

— Não — diz ele.

— Vou buscar água oxigenada — repito.

Ele passa por mim e seguro sua mão. Tiro o algodão de um frasco de aspirina que está no meu bolso, me levanto e limpo seu lábio.

— Você ainda toma essa merda? — pergunta ele, apontando para a aspirina.

— Sim.

— Achei que fosse parar com essa merda. Mas você é uma mulher adulta. O que posso lhe dizer? Você é adulta.

Enxugo seu lábio com o algodão.

Quando ele sai, me viro para encarar Catherine. Não tenho mais nada a perguntar a ela; apenas a encaro, e ela me encara.

— Vou preparar o jantar — digo finalmente.

— Ele nem ficou pro jantar. Ele poderia ter ficado pro jantar. Talvez ele só esteja com medo do escuro. — Ela chupa os dentes e diz, cantando: — Talvez ele só esteja com medo de mim.

— É disso que você gosta? Um homem com medo de você?

— Você gosta disso — diz ela. — Toda mulher gosta. Aquela fatiadora de boceta gostava. Isso não lembra o nome de um utensílio de cozinha?

Não temos facas de verdade, somente de plástico. Temos garfos de plástico. Apenas as colheres são verdadeiras. Na cozinha, preparo um ensopado de frango e geleia com rodelas de abacaxi. Os biscoitinhos salgados estão num prato de papel.

Catherine, à mesa, parece uma gralha.

— O cheiro tá gostoso. Ele poderia ter ficado pra *te* fazer companhia — diz ela. — Mesmo que já esteja farto de mim.

— Se ele tivesse ficado, você o teria expulsado, encontraria um jeito.

Sirvo o ensopado em tigelas de plástico, coloco uma diante dela e sento à mesa com a minha.

— Ele sempre te traz pra algum lugar lindo, e você volta a agir feito uma tonta. Até eu fico envergonhada por ele, e você sabe que é preciso muita merda pra me deixar envergonhada. Acho que você quer voltar.

— Eu não sou a Gwendola.

— Somos todas Gwendolas, de um jeito ou de outro.

— Eu não sou tão corajosa.

— Eu não chamo isso de ser corajosa.

— Bem, nem mesmo o texugo do mel seria, por conta própria.

Você se lembra do Robert Ruark? Se lembra do livro *The Honey Badger* [Texugo de mel]? Catherine me deu um exemplar quando conheceu minha história, ou pensou ter conhecido. Por causa da descrição que ele faz das mulheres. Elas são (nós somos) como o texugo de mel — eles (nós?) atacam direto a genitália de um homem. Lógico que na época eu apenas perguntei: "O quê?".

Ela olha para a tigela.

— Sabe que eu não quero voltar.

— Não sei.

Ela cheira o ensopado.

— Sabia que mordidas humanas podem matar? — pergunta.

— Sim, eu sei.

— Sabe?

— Fica tranquila; sua mordida não vai matá-lo.

— Não consigo parar.

— Um caralho que você não consegue! Você tem uma porra de alma, não tem? Você tem uma porra de *vontade*? Você é a porra de um ser humano, não é?

Ela cheira o ensopado de novo, então leva uma colherada à boca.

Ela engole, então franze os lábios.

— Sim, eu sou a porra de um ser humano. O que você quis dizer quando falou que a perversão erótica era o lado negativo do amor?

— Quando eu disse isso?

— Uma de suas personagens disse.

— Não consigo lembrar o que minhas personagens dizem.

— O que você quis dizer? Continuei lendo e não consegui entender o que quis dizer.

— Você, garota. Você é uma vadia bem esquisita.

Ela parece assustada. Suas pálpebras se apertam. O espaço entre elas diminui.

— Não, estou brincando. Só estou brincando. A bem da verdade, não sei que caralho eu quis dizer. A bem da verdade.

Esfrega o lábio superior, no canto dele há um pelo castanho-claro descolorido; esfrega onde ele está como se tentasse destruí-lo.

— Tente eletrólise — digo.

7

Falando em vadias esquisitas, tem uma mulher que Catherine conhece, uma mulher branca com quem estudou na escola de arte ou outra merda do tipo. Não, ela a conheceu em uma dessas residências artísticas. Também aceitam escritores lá, mas nunca me inscrevi. A ideia é ir para um lugar desses e trabalhar. Não consigo fazer merda nenhuma perto de outros escritores. Consigo beber, mas não escrever. Consigo beber sem cair.

Mas, de qualquer maneira, conheci a tal vadia esquisita quando fui com Catherine para Toledo, porque estavam expondo alguns trabalhos de Catherine no Museu de Arte de Toledo e porque ela também queria encontrar a tal mulher. A mulher deve ter sido — há uns dez anos — muito importante no mundo das artes de Nova York; as pessoas diziam que ela era uma Dalí de saias ou outra merda assim, só que mais erótica.

Seja como for, chegamos lá, e a tal vadia estava morando num maldito trailer, um trailer enferrujado, e tinha aquela filha que parecia um elfo doente — baixinha com cabelo loiro, braços e pernas de palito; orelhas de duende —, e a mulher, que Catherine disse ser de uma beleza estonteante, embarangou-se toda e ficou com o cabelo loiro pálido... um cabelo de palha, do mesmo jeito que, em francês, "pálido" e "palha" são termos parecidos. Mas eu tinha visto uma foto antiga dela, e ninguém poderia dizer que não era bonita, e, como eu disse, há cerca de dez anos ela era fodona em Nova York.

Mas o que era engraçado mesmo era a maneira como tratava a filha. Como ela a chamava mesmo? Vou tentar recriar a cena.

Primeiro, a tal vadia esquisita parece meio chateada porque Catherine não veio sozinha, mas trouxe esta estranha com botas de trilha, porém ela nos convida para entrar no trailer mesmo assim. É maior por dentro do que parecia por fora. É realmente um apartamento pequeno bem bonito, com aparência confortável, decorado com bom gosto como um anúncio de revista dos anos 1950.

Entramos na sala. A criança está ali comendo pipoca, sentada no chão, com a cabeça apoiada numa poltrona de couro. Sim. Não, bombons de chocolate num saquinho. Como um duende, mas um duende emurchecido.

Bem, eu não disse porra nenhuma, apenas me sentei lá. No entanto, a garota continuou olhando para mim. Porca? Não. Suína? Sim. Era assim que ela a chamava. "Tatum, sua suína", foi a primeira coisa que a mulher disse. "Me dá aqui esse chocolate."

Ela pegou o saco, colocou na geladeira, voltou e sentou na cadeira, e Catherine e eu sentamos no sofá; a criança acomodou-se no chão entre as pernas da mãe.

— É muito bom te ver, Cathy. Vi sua exposição. Foi maravilhosa.

— Por que você não esteve na abertura?

— Bem, não consegui fugir. Eles amarram a gente lá, sabe? Trabalho numa empresa de caminhões.

— Você dirige um caminhão?

— Não. — Ela ri. — Faço as notas fiscais.

— Mamãe, quero pipoca.

— Tatum, sua suína, você acabou de comer chocolate.

— Quero pipoca. — Tatum bateu nos joelhos da mãe com os pequenos punhos brancos. — Pipoca!

Aliás, o nome da mulher é Gillette, dá para acreditar? Como se tivesse sido batizada com o nome da porra da lâmina de barbear.

— Tá aqui, querida.

Ela enfiou a mão na gaveta de uma mesa ao lado da cadeira e tirou um saco com pipoca. Ela o jogou para a menina.

— Suína. — Então ela apresentou a garota. — Esta é Irmã, minha filha.

Ela segurou a nuca da criança, então puxou seu cabelo. A criança tinha olhos verdes oblíquos. Olhos quase orientais, mas era tão pálida quanto um comprimido. Mantive distância, mas Catherine se dirigiu a ela.

— Pensei que ia te encontrar morando em Nova York, mas aí alguém me disse que estava aqui! — disse Catherine.

— Hum, ainda vou a Nova York para exposições ocasionais. Mas não trabalho naquela correria de antes.

— Uma correria grande! — exclamou Catherine.

— Bem, eu me sentia tão atormentada... é atormentada a palavra? Não, angustiada. Eu só precisava colocar tudo para fora.

— Algumas coisas ótimas — me explicou Catherine.

Olhei para as coxas pálidas da mulher espalhadas no couro marrom da poltrona. Ela usava um short curto. Eu podia sentir o couro grudado nas minhas coxas e a dor quando uma se erguia.

— Tenho que sustentar esta menina aqui, mas ainda dá tempo para pintar. Não como nos velhos tempos.

— Eu também faço pinturas — disse a garota.

— Eu a iniciei nas aquarelas. Nossa, ela é muito boa. Melhor que eu na idade dela. Posso mostrar pra elas uma de suas aquarelas?

Tatum revirou os olhos para o teto.

— Hum-hum.

— Ela certamente não é como eu era — disse Gillette. — Eu encurralava todo mundo que vinha à nossa casa, mostrando minhas coisas, e não era tão boa quanto ela. Pra dizer a verdade, eu não era nada boa, mas mesmo assim todo mundo me dava palmadinhas na cabeça e dizia: "Que legal". Eu não era nada boa, mas achava que era. Não sei se Tatum tem essa presunção ou não, porque nunca se sabe o que diabos ela está pensando. — Ela encarou Tatum por um minuto, mas não dava para imaginar o que estava pensando. — Em vez de vender limonada, eu exibia minhas pinturas no bairro fingindo que estava em Montmartre ou no St. Germain Boulevard. Eu era tão queridinha. Achava que era boa porque as pessoas vinham e compravam minhas pinturinhas. Mas também tinha um homem horrível, que disse algo terrível para mim. Ele disse: "Você é uma garotinha interessante, mas seu trabalho não é muito bom. As pessoas só estão comprando suas coisas porque você é uma garotinha interessante". Achei a coisa mais horrível de dizer. Mas é claro que não foi uma coisa horrível. Porque, se ele não tivesse dito isso, eu não teria ficado boa. Então fui trabalhar. Eu queria ser capaz de fazer qualquer coisa na pintura.

— Qualquer coisa — disse Tatum.
— Posso mostrar pra elas uma pequena aquarela?
— Hum-hum.
— Ela não é como eu era.

Gillette estava sem sutiã, com uma camiseta branca e um short jeans cortado supercurto. A garotinha usava um chapéu de caubói de palha e tinha pequenas espinhas vermelhas na testa, as quais parecia muito jovem para ter. Mas provavelmente era dos doces e da pipoca amanteigada. Ela aparentava ter uns sete anos.

"Ela é ótima, não é?" ou "O que você achou da Gillette?", Catherine vai perguntar quando estivermos voando de volta.

"Não muito", direi, ou tentarei agradá-la dizendo: "Sim, ela é incrível".

— Aqui é mais espaçoso do que imaginei que fosse — disse Catherine. — Quero dizer, do que parece ser de fora.

— É, sim. É bom, suficientemente espaçoso. Mas não tenho espaço o bastante para as minhas pinturas. Uma amiga me deixa guardá-las em seu porão.

— Nossa, não deveriam estar num porão! — exclamou Catherine.

— Ah, você devia ver as coisas que eu faço agora. Não me reconheceria... Aposto que ficou surpresa ao ver que fiz uma *reprodução*. Também, o jeito que eu falava sobre ser uma loba solitária dedicada a nada além da arte.

— O que é uma reprodução? — perguntou a garota.

— *Você* — respondeu Gillette.

— Eu sou uma Reprodução... Quero amendoim.

— Você está comendo pipoca.

A garotinha lhe devolve a pipoca.

— Cadê meu amendoim?

Gillette põe a mão na gaveta da mesa de canto, tira um saco com amendoins e guarda de volta o de pipoca.

— Sua pequena suína, como é que se diz?

— Obrigada, senhora.

A criança começa a enfiar amendoim na boca.

Gillette aperta o ombro dela.

— Tatum, não ponha tudo na boca de uma vez. Não mastigue de boca aberta. Suína. Damas não comem assim. Coma um de cada vez. Coma como uma dama.

Tatum continua a comer com a boca aberta.

— Ela perdeu o macaco de brinquedo e desde então está impossível.

— Eu não perdi, você jogou fora — diz a garota.

— Você perdeu. Quando a gente se mudou. Você devia ser responsável por suas coisas; você sabe disso.

— Você que jogou fora. — Pedaços de amendoim escapam por seus lábios birrentos.

— Não fale de boca cheia, isso é falta de educação.

Tatum continua mastigando, então sacode o saco vazio.

— Acabou — diz Gillette, e pega a criança, senta-a em seu colo e empurra a cabeça dela contra seus seios.

— Eu quero amendoim. — Tatum balança a cabeça, franze o nariz e afasta o rosto. — Você tá fedendo, senhora dama.

Gillette parece envergonhada, coloca a palma da mão na lateral do rosto de Tatum e empurra a cabeça dela para trás, contra os seios.

— Eu quero amendoim — repete Tatum.

— Sua suína, você comeu tudo; acabou. Me desculpem, vocês querem uma cerveja ou algo assim? Só tem cerveja.

— Não, obrigada — diz Catherine.

— Aceito, sim — digo.

Ela põe Tatum no chão, vai até a geladeira e traz uma lata de Blatz.

— Ahn, quer um copo? — pergunta.

— Não, tá bom assim.

— Por que você jogou fora meu macaco? — pergunta Tatum quando Gillette senta.

— Eu não joguei fora seu macaco, Irmã. E, de todo jeito, você que era responsável por ele. Não consigo dar conta das suas coisas e das minhas também.

— Sim, você jogou, sim. Você jogou fora.

Gillette coloca a mão na boca de Tatum.

— Tão vendo como eles são? — ela diz. — Você vai ficar quieta, Irmã?

Tatum faz que sim com a cabeça.

Gillette afasta a mão dela.

— Diz que sim com a boca.

— Sim — responde Tatum.

Gillette respira fundo e bufa na cara de Tatum. Tatum dá uma risadinha e tampa o nariz.

8

Quando eu tinha sete anos, tentei pegar alguma coisa do prato da comunhão. Minha mãe afastou minha mão, mas não me explicou por quê. Eu tinha visto uma velhinha pegar um pouco de vinho e um biscoito e também quis. Depois, quando desci ao porão para usar o banheiro, uma garota grandona estava parada na frente da porta com as mãos no quadril, como se estivesse guardando o local.

— Ninguém nunca te disse que só pode comer ou beber se for direita?

— Sim — menti. — E também sei o que significa banal.

Eu acrescentava isso sempre que alguém questionava minha idade ou meus conhecimentos. Ou "banal", ou alguma outra palavra nova que tivesse aprendido.

— Então por que você enfiou a mão no prato da comunhão? Você não é direita.

— Eu sou tão direita quanto aquela velha.

— Não, porque ela é muito velha pra fazer qualquer coisa errada. E você só tá começando a fazer as coisas.

— Me deixa usar o banheiro.

— Olha pra você, não tem nem o tamanho de uma formiga e acha que é direita.

— Eu tenho o direito de fazer xixi.

— Aposto que você acha que tem o direito de fazer tudo, né, não? Olha pra você.

— Me deixa entrar no banheiro. Eu sei que tenho o direito de fazer xixi.

— Olha pra você.
Finalmente, ela saiu da minha frente.
Quando passei por ela, ela sussurrou:
— Banal? Aposto que você nem sabe a diferença entre *direito* e *direito*.

9

Gillette volta para a sala. Prendeu o cabelo num rabo de cavalo. As bochechas altas e cheias estão manchadas de blush. O queixo arredondado é tão infantil quanto o de Tatum. O nariz parece repleto de pó, mas o restante do rosto é tão brilhante como se ela tivesse acabado de sair de um banho turco.
— Estão prontas?

Fomos ao Hardee's e comemos sanduíches de rosbife. Gillette e Tatum estão sentadas em frente a Catherine e a mim.
— Gostou, Irmã? Está bom? — pergunta Gillette.
— Sim — responde Tatum.
Gillette limpa o molho barbecue do canto da boca de Tatum.
— Dê mordidas pequenas — adverte.
Tatum continua mastigando de boca aberta e fazendo barulho, consumindo sua pequena rebelião.
— Acho que vocês podem ver como é — diz Gillette.
Catherine concorda. Gillette olha para mim por um momento, depois dá uma mordida em seu rosbife. O rosbife é duro e gruda entre os meus dentes da frente.
— Mas você se casou. Tô só reparando na sua aliança — diz ela a Catherine.
— Sim.
— Ele é um bom homem?
— Sim, muito bom.

— Aposto que é.

Passo a língua na frente dos dentes, mas o rosbife não sai.

Gillette prende atrás da orelha uma mecha de cabelo solta e coça o maxilar. Suas narinas dilatam um pouco.

— Eu li sobre uma de suas exposições, a de Montreal. Você está indo muito bem, garota. Gostei do que vi aqui. Você deve ter muito *tempo*. Eu invejo o seu *tempo*. Invejo o seu tempo mais do que o seu homem. Meu casamento não rolou. Acho que dá pra perceber isso. A mudança de que eu estava falando tem a ver com o fato de termos caído fora.

— Caído fora — ecoa Tatum.

— Não tenho tanto tempo como quando estávamos na residência artística — diz Catherine.

— Ninguém tem. — Gillette franze a testa. Seus ombros se erguem até quase tocarem as orelhas. — Não gosto de pensar naqueles dias bons. Eram bons demais, não eram?

Gillette apoia o queixo na gola. Há dois queixos. Quando ela levanta a cabeça novamente, um deles desaparece.

Limpo os dentes com o dedo mindinho, capturando o rosbife com a unha. Chupo a unha. A garota está olhando para mim, sorrindo. Blush de barbecue mancha sua bochecha. Dava para catar rosbife nos dentes da frente dela.

Gillette olha ao redor do Hardee's, olha para mim, engole a carne, acaricia a bochecha de Tatum com o guardanapo. Tatum se contorce, usa o próprio guardanapo.

— É meio difícil perceber que agora é a sua geração que é uma merda. Deixei Tatum com uma babá e fui a uma boate uma noite dessas. Não ia a uma boate fazia anos. Todas as pessoas eram tão *jovens*. Eram tão *jovens*. Me senti um peixe fora d'água. Mas elas eram *a gente*; realmente eram *a gente*. — Ela olha intensamente para Catherine. Catherine observa Tatum. — Posso imaginá-las *a gente*. Mas é claro que ninguém ali jamais poderia imaginar que era *eu*. Você meio que entende o que quero dizer? Eu nem consegui dançar. A música era muito rápida. Ainda é rock, mas é um zumbido. Ou talvez eu só tenha desacelerado. — Ri um pouco. — Ninguém ali podia imaginar que era a gente.

— Eu posso — diz Tatum.

— Tatum, você nem sabe o que estou dizendo.

Tatum faz beicinho, então canta a música de Billy Joel com a boca cheia de carne mastigada:

— *It's still rock and roll to me* [Ainda é rock'n'roll pra mim].

Gillette põe Tatum na cama, e nós, adultas, voltamos para a cozinha. Enquanto Catherine e eu sentamos à mesa, Gillette coloca a mão atrás da geladeira e tira uma tela e algumas ripas de madeira. Com as ripas monta um cavalete, coloca a tela sobre ele e começa a trabalhar. Em cima da geladeira está sua caixa de tinta.

— Espero que vocês, meninas, não se importem — diz ela —, mas este é o único momento que tenho para pintar.

— Não nos importamos — diz Catherine. — E, de toda forma, vai ser bom te ver na ativa de novo. Me lembro de te ver trabalhar na residência artística.

— Ah, eu odeio me lembrar daqueles dias.

Ela dá pinceladas leves na tela, uma pintura ainda pela metade que parece dois olhos espiando por entre as árvores, crescendo nas costas largas de uma mulher. Além de que as costas parecem tanto costas como uma boceta, e uma das árvores as partes íntimas de um homem, a copa da árvore sendo as bolas.

— Isso é ótimo — diz Catherine.

— Ah, mas antes era tão fácil — diz Gillette —, agora é como se eu tivesse que me esforçar muito, sabe... Hum... uma de vocês pode tirar aquela tigela de cogumelos da geladeira, aquela com um aviso escrito "não"?

Catherine tira.

— Guardou isto pra nós? Algo para mordiscar enquanto trabalha?

— Não! — exclama Gillette. — Pinto com eles, o "não" é pra manter as mãos de Tatum longe, porque ela come qualquer coisa. Eles proporcionam uma boa textura, então às vezes os uso no lugar dos pincéis. Eles são venenosos, são amanitas, ou seja lá como se chamam, alguém me disse o nome deles, o nome científico, quero dizer, só que esqueci. Mas na nossa língua é "anjos destruidores". — Ela faz um barulho que não consigo descrever, algo entre um suspiro e um relincho. — Na verdade, Tatum me influenciou a fazer isso, quero dizer, me deu a *ideia*. Quando ela era bebê e lhe dei suas primeiras aquarelas, ela aceitava tudo. Tipo, ela pegava tudo, qualquer coisa, e pintava com aquilo. Eu tinha que ficar de olho o tempo todo. Tudo e qualquer coisa. Parecia tão primitivo e tão certo que realmente fosse possível pintar com qualquer coisa. E então, quando o pai dela e eu estávamos num acampamento, peguei um punhado de cogumelos e pensei: por que não? São realmente maravilhosos para pintar. Na verdade, foi o pai dela que me contou o que eram. Ele pensou que eu seria louca o bastante para colocar na sopa. Todos os cogumelos são parecidos pra mim, mas esta é a primeira coisa que ensinam: que alguns cogumelos são venenosos e não devemos pegar nenhum deles. Essa é a primeira coisa que ensinam. Mas eu nunca teria pensado em usar nada além de um pincel se não fosse pela minha menininha. Enfim, quando contei a ele o que pretendia fazer, como um experimento, ele olhou pra mim como se eu ainda estivesse no jardim de infância. É assim que ele trata a arte. É uma chatice. Artistas deveriam se casar com artistas, mas isso também é uma chatice. Então, o que fazer? Se eu tivesse abandonado a família, como fez Gauguin, teria me sentido um verme. Então trouxe Tatum comigo. Mas o que eu ganho com isso? O cavalinho de balanço?

Catherine entrega a Gillette a tigela de anjos destruidores. Gillette a coloca numa cadeira alta, que deve ter sido de Tatum quando bebê, e começa a pintar, espremendo um cogumelo após o outro num prato de tinta como um pincel de barbear e depois aplicando na tela: os cogumelos são tão frágeis que, depois de algumas pinceladas, um deles se quebra, ela o joga na lixeira e pega outro. São frágeis, mas em algumas partes parecem dar uma textura mais espessa e encorpada do que os pincéis comuns; em outras, uma textura mais fina, mais delicada, quase indescritível, como se mal tivessem tocado a tela.

— Isso é realmente ótimo — diz Catherine.

— Obrigada, mas eu gostaria de *evoluir*, só que não tenho tempo pra isso... Ah, tem uma caixa de nachos na mesa, se vocês quiserem mordiscar alguma coisa... preferem passas ou outra coisa?

— Não, gosto de nachos. Não vai te incomodar?

— Não. Eu poderia pintar durante uma blitz. Conheço uma mulher que realmente fez isso.

Catherine agarra a caixa. Faço que não com a cabeça quando ela me oferece. Ela começa a mastigar.

— Lembro quando a presença de alguém na minha vida era sinônimo de confusão e incômodo. Mais que um incômodo, uma indignação. Eu me sentia tão obcecada pelo meu trabalho... Mataria antes de deixar alguém interferir nele, sabe? — Ela olha para mim. — Eu sempre dizia este ditado: "Nunca mate seu trabalho por um homem ou por um filho, mate-os primeiro". — Ela ri um pouco. — A Cathy lembra.

— Sim — concorda Catherine. — Eu sei o que quer dizer.

— Não, você não sabe. — Gillette joga um cogumelo despedaçado no lixo e pega outro. — Você é boazinha demais. Você não mataria uma alma pela arte; você deixaria que te matassem primeiro.

Gillette olha para mim novamente.

— Não, eu não faria isso — murmura Catherine.

Ela cheira um nacho e o enfia na boca. Parece sonolenta.

— Eu era uma verdadeira megera naquela época — diz Gillette tranquilamente. — Eu pensava que você tinha que ser uma megera para fazer uma boa arte. Tipo, se Picasso fosse mulher, ele teria sido uma megera. Assim como uma mulher é uma megera quando faz as mesmas escolhas que um homem faria sem pensar. — Ela balança os ombros. — Gauguin. — Ela ri. — Isto é o mais próximo do Taiti que poderíamos chegar... Eu era uma megera, no entanto.

— Você não era uma megera — diz Catherine, mastigando um nacho. — Você sempre foi legal comigo.

Gillette olha para Catherine como alguém olharia para uma criança.

— Vocês podem ir pra cama quando quiserem. Às vezes, fico acordada quase a noite toda fazendo esta merda.

10

— Hum, o que tem te interessado agora? — pergunta Gillette durante o café da manhã.

Tatum esfrega a mão em sua aveia, como se fosse tinta de dedo.

— Improvisação — diz Catherine. — Você sabe, *assemblage*, objetos encontrados, esse tipo de coisa.

— Parece legal — diz Gillette, mastigando um *donut*. Então continua: — Isso é meio diferente do que você era, Cathy. Quero dizer, sua arte sempre pareceu tão premeditada... Não sei por que disse "premeditada". Essa não é a palavra para arte. É bom saber que você ficou mais livre; você nunca conseguiu ficar muito livre, né?... Coma sua aveia, querida.

11

Gillette está olhando para mim de verdade pela primeira vez. Esperou até que estivéssemos no aeroporto, prontas para embarcar, ao que parece, para tentar me dar uma boa olhada.

— Ahn, você também é pintora? — pergunta.

— Não, ela é escritora — responde Catherine. — Tenho certeza de que você já leu algo de Amanda Wordlaw. Algumas coisas são realmente pesadas, coisas pesadas.

— Sinto muito, mas não li. — Gillette me encara. — O pouco tempo que tenho dedico ao meu trabalho. Não tenho *lido* muito há anos, nada de ninguém. Mas tentarei ler algo seu na próxima oportunidade que tiver.

— Você vai gostar. Ela escreve como você pinta — diz Catherine. Gillette franze a testa ligeiramente, então parece divertida.

— Bem, foi um prazer conhecê-la — diz ela secamente. Concordo com a cabeça.

— Volte quando quiser — ela acrescenta de repente. — Se estiver na cidade. Mesmo sem a Catherine.

— Ok.

— Tchau — diz ela a Catherine. — É sempre bom te ver. — Elas se abraçam e trocam beijinhos. Catherine beija Tatum.

Digo "tchau" para as duas, e Catherine e eu embarcamos no avião.

— Ela é ótima, né? — diz Catherine quando já estamos acomodadas.

— Ela é ok.

Catherine faz um beicinho.

— Bem, ela gostou de você de todo jeito.

— Não sei como. Não dirigi nem meia palavra a ela.

— Você sempre tem que se comportar como uma sacana, né?

— Nem sempre — sussurro de volta, e então me inclino até seu ouvido. — Às vezes me comporto como a sacaneada.

12

— O que está fazendo?
— Lavando louça — respondo.
— Vem, me faz companhia.
— Não. Me deixe terminar.
— Vem me fazer companhia — exige ela.

Eu a sigo até a sala. Sentamos uma de frente para a outra em cadeiras-pavão, mas não conversamos. Ela come abacaxi desidratado direto de um saco, pedaços secos de abacaxi que parecem borracha.

— Quer um pouco?
— Não. Ainda estou satisfeita do jantar.
— Amanda, você sempre abandona a gente.
— Não posso simplesmente passar meus dias aqui, Catherine. Também tenho uma vida, sabe?
— É, mas você nunca fala dela. — Ela espera. — Isso é uma deixa, gata.

Enfio a mão no bolso e tiro o frasco de aspirina. Abro a tampa, procuro com o dedo sob o algodão, tiro uma. Eu nem preciso de água. Mastigo e engulo a aspirina como uma bala.

— Essas filhas da puta — diz ela.
— O quê?
— Essas filhas da puta que você toma. Por que todo mundo tem que tomar essas filhas da puta? Para ter algo com que se foder? — pergunta ela. — Parecem inofensivas, mas aspirina em excesso pode ser tóxica. Você quer ter úlceras hemorrágicas ou coisa do tipo?

— Sabemos tudo sobre aspirina, né, porque Ernest escreveu um artigo sobre ela e me enviou uma cópia, "Os perigos da automedicação", em que havia uma seção inteira dedicada à aspirina, no qual ele se saiu muito bem.

— Você quer ter acidose?

— Quais são as suas filhas da puta? — pergunto, fechando o frasco de aspirina e guardando-o no bolso. Quando não tomo, minha cabeça dói e fico enjoada. Sintomas de vício.

Os olhos dela são verdes como algas. Você já viu uma mulher negra com olhos verdes? É uma loucura. Ela não vai responder.

— Quem são as filhas da puta do Ernest? — pergunto, porque sei a resposta para essa.

— Ele tem apenas uma filha da puta.

— Quem?

— Eu.

Na varanda, Catherine esfrega minhas costas e meus ombros com azeite. Acabamos de tomar café da manhã, e Ernest está sentado à mesa com a gente, lendo um jornal espanhol.

Tenho as costas de crocodilo. Se não passar óleo todas as manhãs, descamo. Em alguns países e épocas, eu teria sido sagrada. Teriam me chamado de "mulher crocodilo". Eu teria as costas do deus crocodilo. Mas agora é apenas um incômodo. Atualmente, a única pista dos médicos para a causa disso são os "nervos": nenhuma chave para alguma origem num mundo sobrenatural. É uma doença pura e simples. Indisposição de espírito?

— O que são essas coisas?

Catherine aponta para o cordão no meu pescoço.

— Dentes de crocodilo — respondo. — Uma pessoa me deu quando eu estava em Madagascar. São para dar sorte. Pelo menos antigamente as pessoas pensavam que davam sorte. — Eu ri. — Iam para a batalha armadas com dentes de crocodilo e esperavam *vencer*.

Ela escolhe uma das escamas e passa o azeite nela.

— Conta pra gente sobre o seu amante de Madagascar — pede.

Ernest ergue os olhos do jornal. A luz do sol faz sua testa brilhar.

— Não conte nada pra ela — diz ele. — É assunto seu.

Catherine arremessa a garrafa de azeite nele. Ele se abaixa. A garrafa se espatifa no chão.

Levanto para pegar uma vassoura e uma pá, volto para varrer o vidro e o azeite para dentro de uma tina de metal. Catherine está ao meu lado, observando. Limpo tudo rápido, para que ela não tenha a ideia de pegar um caco. Faço uma anotação mental para carregar meu óleo num frasco plástico de cosmético. Alguns cacos de vidro são tão pequenos quanto gelo picado.

Ernest está de pé em frente ao corrimão. Ele se serviu de outra xícara de café e bebe calmamente. Afasta o cabelo da testa. Mechas cinza, ocre e pretas. Esta é uma manhã comum, sua expressão tenta dizer.

Mas a expressão de Catherine. Ela observa o vidro como se fosse a proverbial serpente enfeitiçada com esmeraldas no lugar dos olhos.

Na cozinha, embrulho o vidro com cuidado em papel pardo e disponho bem no fundo da lata de lixo.

Quando volto à varanda, Catherine está sozinha, sentada à mesa do café da manhã.

— Aonde Ernest foi?

— Foi à praia nadar — diz ela com naturalidade.

— Fico me perguntando quando ele vai se cansar de você — não consigo deixar de dizer.

Hoje não vou pisar em ovos com ela.

Primeiro ela me lança um daqueles olhares "O que é isso?", em seguida me dá o que chamamos de sorriso de estrela de cinema, brilhante e vazio.

— Ele nunca se cansa de mim — responde, falando devagar e olhando por cima do meu ombro. Fico tentada a olhar para trás para ver se ela está realmente lendo as dálias, mas mantenho os olhos nos dela. — Assim como eu nunca vou me cansar dele. Mas você, "sua putinha safada", você nunca vai saber como conseguir o bastante de um homem. Me conta sobre seus amantes.

— Acho que vou me juntar a Ernest no mergulho.

— Só no mergulho, mocinha.

Agora ela está olhando para mim. Agora ela não é a estrela de cinema. Agora ela é a bruxa dos quadrinhos. Agora ela é a bruxa malvada de *O mágico de Oz*.

— Vou pensar no seu caso. Mas você sabe como nós, putinhas safadas, somos!

Ela procura algo para jogar em mim e, não encontrando nada, se acomoda, inclina a cabeça de leão para trás e deixa o sol pegar em seu rosto.

Sua testa não brilha; ela fulgura.

13

Ernest não está na água. Ainda está vestido e simplesmente sentado na areia, com os braços em volta dos joelhos, o que chamo de minha posição de estátua de gato, porque certa vez vi uma estátua de gato num museu que algum antigo escultor egípcio havia modelado e parecia exatamente comigo quando me sentava assim. Não digo nada a ele. Apenas sento a seu lado e me torno também uma estátua de gato. Ele não olha para mim, mas parece saber quem está ali.

Olhamos o mar, o céu, os banhistas, os barquinhos. É como sentar no meio de um cartão-postal.

— Você sempre traz Catherine para lugares de cartão-postal — comento.

— Como?

— Isto aqui parece um cartão-postal, né? Como se estivéssemos sentados no meio de um cartão-postal.

— Sim — murmura.

— Céu azul como sangue de caranguejo-ferradura. Soa horrível, né? Mas aprendi num de seus artigos.

— É mesmo?

— Aquele sobre animais marinhos. Você descreveu quão azul é o sangue do caranguejo-ferradura.

— Na verdade, é mais azul que isso, mais triste... — diz ele.

— Você é mais triste que isso?

Ele olha para mim.

— Vamos caminhar um pouco.
Saímos da praia e entramos numa das trilhas de burro.
— Não sabia que lia meus artigos.
— Catherine sempre os recorta e envia para mim.
— Sério?
— Você me mandou aquele que pensou que me faria algum bem, mas ela me envia todos. Tem muito orgulho de você, sabia?

Ele faz uma careta, sorri um pouco, não diz nada. Nós nos apoiamos contra a parede de um prédio para um carro passar. Fico na ponta dos pés.

Escadas íngremes de pedra levam a um promontório, uma espécie de varanda natural, com vista para a praia. Sentamos. Ele passa o dedo no lábio inferior.

— Eu mesmo tenho um mundo de perguntas pra você — ele diz tranquilamente.

— Arrisque-se — eu digo.

Ele joga a cabeça para trás e dá uma risada longa e exuberante.

— Não, se você colocar dessa maneira, não vou me arriscar.

Observo um veleiro cor de açafrão, depois outro que parece ter sido polido com areia.

— Melhor eu voltar — digo.

— Quer ir a algum lugar beber alguma coisa?

— Acho que não.

Ele se levanta. Permaneço sentada com as costas apoiadas na rocha. Ele suspira por entre os dentes.

— Além disso, não quero ficar muito mole — digo, soando mais seca do que pretendia. — Catherine está em Oz comigo de novo.

Dizemos que Catherine está em Oz quando ela se comporta como uma bruxa. Foi a própria Catherine que começou com isso. Uma vez ela foi tentar dizer, furiosa, "Estou sem voz", mas engasgou, e só saiu "Estou em Oz". Demos muitas risadas e gostamos tanto da expressão que rapidamente saímos de Oz; mais tarde, rimos como cúmplices enquanto explicávamos a Ernest o que significava.

— Catherine está sempre em Oz — diz ele.

Eu me levanto.

— Seja como for, você nunca fica muito tempo em Oz com ela — continua. — Você tem seus sapatinhos vermelhos.

E deixa transparecer que gostaria de ter os dele.

14

Conheci Catherine numa conferência de artistas — não escritores, mas escultores, pintores, tecelões, fabricantes de castiçais. Eu estava hospedada num hotel em Detroit porque havia recebido um convite da Wayne State University para fazer a leitura de um livro de ficção. Quando voltei da leitura, subi a escada e descobri algumas pessoas sentadas atrás de uma longa mesa cheia de folhetos e formulários de inscrição. Perguntei a elas o que estava acontecendo. Disseram que era uma conferência de artistas e perguntaram se eu queria me inscrever, então paguei os quinze dólares (porque o jantar incluía tudo que se conseguisse beber) e entrei naquela sala de conferências onde, lá na frente, Catherine estava em pé falando sobre luminosidade e superfícies e como esculpia usando a luz, como faz um pintor.

Quando terminou, fui até ela e sussurrei:

— Você parece ser uma mulher incrível.

Ela pareceu surpresa, olhou para mim com seus olhos sempre-verdes. Riu. Sabe, o esperado era "Adorei sua palestra" ou "Admiro seu trabalho". (Eu não conhecia o trabalho dela na época.)

Quando encontrou as palavras, me disse:

— Você não conhece meu marido.

Pegou meu braço e, desviando-se das pessoas que vinham ao seu encontro ou eram suas "fãs", me levou até o fundo da sala, onde Ernest estava encostado na parede, os braços cruzados, um brilho nos olhos.

Quando nos aproximamos, ele dirigiu a mim um olhar penetrante e a Catherine um olhar protetor. Catherine nos apresentou. Ele apertou minha mão.

— Podemos levá-la para casa com a gente? — perguntou ela.

— Se você quiser, querida — respondeu.

Rimos como se nos conhecêssemos havia décadas, e fui espremida no banco de trás do Peugeot deles.

— Você é casada?

— Não, divorciada.

— Ótimo.

— Por que ótimo?

— Porque isso siginifica que terá todo o tempo do mundo pra gente!

15

— Você fuma? — pergunta Catherine.
— Não.
— Não estou falando de tabaco — diz ela com um sorriso travesso.
— Também não.
— O que gostaria de fazer? Aposto que gosta de transar — diz Catherine. — Olha, a garota ficou vermelha! Eu a fiz corar!
— Catherine é uma brincalhona — diz Ernest, pegando meu casaco e indo até a cozinha buscar uma bebida. — Então, o que acha de Detroit? — pergunta ele, depois que nos acomodamos no sofá de couro turquesa.

(Antes do amarelo, a cor de Catherine era turquesa.)

Catherine está sentada numa almofada marrom no chão, com as mãos nos joelhos, me assistindo como se eu fosse um filme.

— É legal, aquilo que já vi. Não vi muita coisa ainda. Quando cheguei, estava meio atrasada, então me levaram direto para o campus da Wayne State University. Mas não conheci muita coisa ainda.

— Bem, quando tiver conhecido mais, gostaria de saber o que acha da...

— Da...?

Ernest bebe seu Chablis.

— Ele ia dizer "da capital do assassinato" — diz Catherine.
— O quê?
— Piada interna — explica Catherine.

— Ah, tá.

— Vamos cuidar de você enquanto estiver aqui — diz Catherine alegremente. — Você pode ficar com a gente. Saia daquele hotel horrível.

— Eu não pretendia ficar, a não ser por alguns dias.

— Gostaríamos que ficasse com a gente, né, Ernie?

— Claro.

Então fiquei curiosa. Então fiquei com eles. Então acabei ficando vários meses com eles.

A princípio, Catherine tentou me arranjar um artista meio negro, meio japonês que ela conhecia chamado Koshoo Jackson. Ele fazia uns cintos trançados lindos. Ainda tenho o que ele me deu, mas não aceitei mais nada dele. Vou contar a você sobre Koshoo um dia desses, quando estiver com vontade.

— Ele fez estas tranças coloridas pra eu usar na *Apanhadora de pássaros*. Ele é tão lindo. Por que o tratou com frieza?

Sentei num canto sombrio de seu ateliê enquanto ela arranjava as tranças na escultura em progresso perpétuo.

— Você é um monstro — disse ela. — Ter alguém para amar não é tão ruim.

Não falei nada.

— Meus dois melhores amigos deveriam ficar juntos.

Levantei as sobrancelhas. Declarações prematuras de amizade sempre me assustaram. Eu a vi ficando amuada.

Agora as tranças decoravam sua cintura. Então ela teve uma ideia melhor. Veio até mim e as pôs no meu cabelo.

— Você parece meiga. Parece uma egípcia. Fique com elas.

Eu as devolvi.

Ela pendurou as tranças nos braços e fez beicinho, depois as colocou em volta do pescoço e sorriu.

— Vocês poderiam ter sido ótimos amantes — disse. — Eu deveria tê-lo mandado para uma boate, levado você até lá e deixado que escolhesse a beleza por conta própria.

16

Eu sou a mulher com ombros de crocodilo contando a história da vadia esquisita que é Catherine. Quem sabe o que uma vadia esquisita vai aprontar? Vou lhe dizer uma coisa: fico feliz que não seja de mim que ela está atrás. Eis o paradoxo: como uma mulher pode afirmar que ama um homem e ainda assim tentar ser a fonte da destruição dele? E por que o homem simplesmente não dá o fora? Se você perguntar isso a ele, ele lhe dará uma resposta estúpida do tipo: "Ela é a mulher mais fascinante do mundo". Se todas as mulheres fascinantes do mundo entrassem no mar, elas encheriam o oceano. E, pelo que fui capaz de perceber, são necessárias apenas uma mulher fascinante e uma passagem para o homem pegar esse bonde.

17

Catherine deseja dar um passeio na praia, mas ninguém quer ir junto. Ela vai sozinha e volta toda suja da areia de Ibiza, os cabelos molhados e embaraçados, emaranhados de algas e água salgada.

— A bruxa do mar — diz Ernest.

— Você está péssima — digo.

— O que estava fazendo, arrastando a porra do oceano? — perguntou ele.

— Obrigada — diz Catherine. — Fodam-se vocês dois. — Ela começa a andar, depois dá meia-volta. — Quase me afoguei, seus desgraçados. Aquele rapaz lá embaixo me salvou.

Ernest e eu vamos até ela. Ela se afasta.

— O rapaz ainda está lá embaixo? — pergunta Ernest, procurando moedas nos bolsos. — Quero agradecer a ele.

— Ele não vai querer a porra do seu dinheiro — diz ela. — O que você pode fazer é dar um tchauzinho, pra ele saber que estou bem.

— Você *está* bem?

Ela concorda com a cabeça.

Ernest vai até a varanda. Ouvimos seus "obrigado" e os "de nada" do rapaz. Ele entra.

— A propósito — pergunta Catherine —, quanto eu valeria? — Ela desfila, as plantas balançando na parte de trás de sua cabeça molhada. — Vocês deveriam ter ido comigo! — grita. — Seus dois filhos da puta.

18

Ernest me conta da mulher sobre a qual está escrevendo num artigo dedicado a psicocinese. A mulher, diz ele, redirecionou suas frustrações para energias psicocinéticas. Ela podia fazer as coisas se moverem, mas somente quando estava em algum cômodo com o marido. Ela e o marido estavam sentados vendo TV, e de repente uma lâmpada caía e quebrava, ou o telefone começava a tocar e não havia ninguém do outro lado da linha, ou uma cadeira deslizava pelo chão ou saltava pelo ar. Às vezes aconteciam coisas mais destrutivas, como janelas quebrando ou móveis pesados batendo contra paredes e portas. A princípio o casal contratou um caça-fantasmas, mas depois descobriu, por meio de uma médium, que era a própria mulher que causava as destruições, pois essa era a maneira de ela expressar pequenas insatisfações, as quais ela nem sabia que tinha. No que diz respeito à sua mente consciente, contudo, o relacionamento deles era forte e amoroso. Ela amava seu casamento e seu homem.

— É assim que você explica Catherine?
— Parei de tentar explicar Catherine.
— Por que você não vai embora?
Mas ele não responde o que eu esperava.
— Por que *você* não vai?
O que posso fazer além de mentir? Nem todas as passagens de bonde são feitas de papel.

19

Já contei a você da vez em que fomos àquela médium? A mulher segurou a mão de Catherine e disse:

— Você tem uma linha do amor forte. Ah, você tem uma linha do amor maravilhosa!

Catherine riu porque sabia do que era capaz, e a mulher, não.

A mulher apenas ficou sentada segurando a mão de Catherine, como se achasse que a linha do amor ia passar para ela.

Mas então seu olhar mudou, e ela afastou a mão de Catherine da sua. Pressionou a palma da mão na cabeça e correu.

— E você achou que ela fosse uma farsante — disse Catherine. — Ninguém pode ser uma farsante e fugir desse jeito.

20

— Por que não passa a noite comigo? Faz tanto tempo que a gente não faz amor no escuro. Fica comigo. Quero te abraçar no escuro de novo.

Não era para eu escutar isso, mas apareci e entrei no corredor estreito onde os dois estão encostados em paredes opostas. Recuo.

— Pode passar, você estava indo ao banheiro, não estava? — dispara Ernest.

Atravesso o sensível espaço que existe entre eles.

21

É aniversário de Catherine, e há um bolo na mesa.
— Vai lá, corta o bolo — diz Ernest. — Prefere que eu corte?
— Não. — Ela afunda a faca de plástico e dá o pedaço maior a Ernest.
— O pedaço maior pro amor maior.
Em cima, morangos e abacaxis.
— Eu desistiria de tudo num minuto se Ernest quisesse — diz ela.
— Desistiria do quê? — pergunta ele.
— Você sabe do quê. Do meu trabalho, das minhas esculturas ou de qualquer outra coisa.
— Nunca pedi para você desistir de nada por mim. Que besteira — diz ele, enquanto come o bolo. — Por que eu pediria pra você desistir de alguma coisa?
— Ah, essa foi a coisa errada a dizer. Ah, a coisa errada! — Catherine sai furiosa.
Ernest, perplexo, o bolo escapando da boca, se vira pra mim.
— Que tolice é essa agora? O que foi isso?
— Vou ver — respondo.
Catherine está parada no corredor em frente à porta do banheiro com sangue nas mãos.
Talvez eu esteja errada. Talvez ela possa ser autodestrutiva também.
— Catherine!

— É apenas a minha menstruação. Nem sei como as pessoas chamam absorventes higiênicos aqui. Qual é a palavra que usam para absorvente higiênico?

Tiro minha anágua, rasgo-a e faço um rolinho para ela usar.

— Vamos descer a colina e descobrir como diabos eles chamam — digo.

Catherine coloca as mãos debaixo da torneira e deixa a água fria correr.

— Aposto que você pensou que eu tinha dado uma de Gwendola, né?

Não respondo nada. Fico observando a água correr.

— Pensou, né? Você acha que ele vai esquecer que estou aqui?

Não respondo.

— Você acha que é mais ético dar uma de Gwendola ou de Gauguin?

— Ela tá bem? — pergunta Ernest do outro lado da porta.

— Diga que não — sussurra Catherine.

— Ela tá bem — respondo.

— É só a melancolia da aniversariante — canta Catherine. — Hoje faço quarenta anos.

Ouve-se um suspiro do lado de fora da porta. Não tenho certeza se Catherine o escuta, por estar rindo. Mas tenho certeza de que não ouve minhas respostas às suas perguntas.

22

No café da manhã seguinte, Catherine não fala conosco. Fica só olhando o prato. Parece entregue. Está se arrastando.

— Senta direito — Ernest a repreende. — Você não precisa agir como uma tonta só porque fez quarenta anos.

— Não estou agindo assim porque fiz quarenta anos — responde ela, amuada.

Ele diz a ela que não gosta de autopiedade, diz a ela para não sentir pena de si mesma. Está nesta ilha linda e deveria estar feliz. Não há nada de errado com ela. Não há o que lamentar.

Menciona os rostos que vimos na TV na outra noite. Vítimas da seca e da fome. Essas pessoas banalizaram qualquer reclamação de Catherine, qualquer uma nossa.

— Podemos adotar uma dessas crianças? — pergunta Catherine. (Mas ela disse "adaptar" em vez de "adotar".)

— Você não consegue nem cuidar de si mesma — diz Ernest, olhando para a tela.

— Mas precisamos ser capazes de salvar ao menos uma delas. Podemos perguntar àquele seu amigo do Médicos Sem Fronteiras. Ele deve saber como.

— Você não pode salvar a si mesma — responde Ernest.

— Ele se parece com Haile Selassie, não acha? Veja só esse rosto. Você pode perguntar àquele seu amigo. Devemos tentar salvar essa criança.

— Você é muito criança para salvar outra.

Quando informaram o endereço para enviar dinheiro, Catherine pegou seu talão de cheques. Não pude deixar de pensar naquele filme de Godard em que Jack Palance interpreta o produtor de cinema: "Toda vez que ele ouve a palavra 'cultura', pega seu talão de cheques". Mas é lógico que isso não tinha nada a ver com aquilo.

E não era hora nem lugar para uma piada, nem mesmo uma infame.

— Pegue seu talão de cheques, querido — disse Catherine.

Ele pegou.

Ela me lançou um olhar.

Peguei meus cheques de viagem.

— Quarenta tá bom. Mas não é porque fiz quarenta anos — diz ela.

— Sente direito e coma seu café da manhã. Sorria.

Ela senta direito, mas não sorri.

— Também não posso ficar deprimida? — pergunta ela. — Não posso ficar deprimida às vezes como qualquer outra mulher?

— Se você tivesse alguma razão para ficar deprimida... Mas não tem nenhuma. Você tem tudo.

— Amanda não está sentada direito. Você não disse pra ela para sentar direito.

— Ouça essa pirralha. Fez quarenta ontem. Amanda não é *minha*.

— E eu *sou*.

Ele fica em silêncio, então diz:

— Claro que é.

— A quem Amanda pertence? — pergunta ela, travessa.

Ele não responde nada, depois diz:

— Bem, a ela mesma, suponho, já que é divorciada.

— Se Amanda é dela, eu também quero ser minha!

— Você quer o divórcio?

Catherine olha para o prato e depois para cima.

— Sem chance, meu caro. Por que eu deveria me importar se sou sua ou não? A *Apanhadora de pássaros* é *minha*.

Ernest parece impaciente, passa manteiga no pão.

Misturo os ovos mexidos. Cogumelos, queijo, pimentão.

— Conte pra Amanda sobre quando você era moleque e apanhava raposas — diz Catherine, coçando o interior de uma narina.

— Amanda não quer saber de quando eu apanhava raposas — diz Ernest, impaciente, carrancudo.

— Olhando para este senhor inteligente, maduro, cosmopolita e urbano, não dá para acreditar que ele era um moleque de fazenda rural lá de...

— Minnesota — interrompe Ernest, entre dentadas na torrada com manteiga.

— Eu não sabia que Minnesota era terra de moleques negros, você sabia? — provoca Catherine. — Conte pra ela sobre quando você apanhava raposas. Conte pra ela sobre como você fazia. É interessante. Existe uma estratégia pra isso.

Ernest deslinda a história em tom monótono.

— Para apanhar uma raposa, você se esgueira por trás dela e a agarra pelo rabo, lá no alto. Tem que agarrar o rabo bem lá no alto porque isso trava a espinha dela, e desse jeito não consegue se soltar e te morder. A primeira raposa que tentei apanhar, eu não agarrei o rabo alto o bastante, e ela se soltou e me mordeu.

Catherine levanta a manga da camisa dele e me mostra a mordida de raposa — uma mordida feia e irregular perto da pele sensível na parte interna do cotovelo.

— Um pouquinho de conhecimento útil, né? — diz Ernest amargamente.

— É assim também que se apanha uma mulher — diz Catherine, olhando o prato vazio, como se estivesse tentando lê-lo. — Agarra pelo rabo alto o bastante para que ela não se solte nem o morda.

— Esse é um conhecimento mais útil — diz Ernest, animado. — E aí, como uma mulher apanha um homem?

— Ela não apanha — diz Catherine.

— Achei que fosse sempre a mulher que apanhasse o homem — diz ele.

— Isso é um mito; não é verdade, a mulher nunca apanha um homem. Nunca conseguiria — diz ela.

— Um conto da carochinha? — pergunta Ernest, e pisca para mim.

Eu me alegro sob seu olhar, então desvio os olhos, espio Catherine, que cuspiu no dedo e está juntando os últimos pedaços de ovo mexido seco para colocar dentro da boca — o mesmo dedo que coçou o nariz.

— Seja como for, uma mulher nunca conseguiria agarrar um homem pelo rabo alto o bastante — diz Catherine.

— Depende da mulher — diz Ernest.

— Não estamos esquecendo uma coisa? — interrompi. — Seres humanos não têm rabo.

— Fale por você — resmunga Catherine.

— Isso significa que sempre mordemos um ao outro? — pergunta Ernest, o olhar azedo novamente.

Fixo o olhar num feixe de luz do sol batendo na mesa, partículas de poeira colidem umas com as outras.

— Uma vez vi a foto de um ser humano com rabo. Foi na *National Police Gazette* — diz Catherine, relendo seu prato.

— Ela se refere a seres humanos *comuns*, como nós — diz Ernest. — Sempre conseguimos morder um ao outro.

— Por que você simplesmente não mostra pra ela? Você tá clamando por isso — deixa escapar Catherine, a língua como uma nesga de lua cor-de-rosa.

Ernest levanta a outra manga. Dessa vez, a mordida é humana. Mais violenta, mais profunda, mais ampla, mais escura. Catherine olha para a mordida como quem olha para um troféu.

— Aquela mulher impossível — sussurra. Em seguida diz, mais alto: — Tenho que fazer xixi. Deixe-me levantar.

Abotoando novamente a manga, Ernest se levanta. Catherine desliza para fora da mesa e se dirige ao banheiro. Eu a acompanho. Essa é a política. Certa vez, quando estavam em algum lugar público, Catherine foi ao banheiro, descobriu uma lasca que havia soltado do topo do vaso sanitário e a escondeu, como uma adaga, em seu casaco. Bem, já sabemos o que veio depois.

Fico com ela dentro da cabine, encostada na porta, fumando um cigarro.

— Você sabe o que é isso — diz Catherine, seu xixi soando como uma torneira aberta.

— O quê?

— Bem, você chega e me deixa ficar lá, toda contida e com aquele sorriso de Monalisa, e você sabe a merda que é isso.

— Para de falar palavrão.

— São palavras de sabedoria — diz ela. O xixi escorre, depois para. Ela é daquelas que se limpam por trás. Peida.

Dá para ouvir alguém pigarrear na cabine ao lado.

— Olá, vizinha! — grita Catherine. Seus dentes brilham como os do Pernalonga, e bate na parede.

A mulher dá descarga. Ouve-se uma arrumação apressada de roupas.

— É hora do show! — grita Catherine.

Quando se ouve o som da porta da mulher se abrindo, Catherine me empurra para o lado, põe a cabeça para fora e grita:

— Aqui está o Johnny!

A mulher, assustada, foge.

— Ela deve achar que somos malucas — diz Catherine, subindo a cueca.

23

Na ilha de Ibiza, vejo duas idosas açoitando uma à outra com galhos de árvore. Pergunto-lhes:

— Por que estão açoitando uma à outra?

Elas respondem:

— Pelos erros que cometemos quando éramos jovens como você.

Quando Catherine e eu formos duas idosas, vamos pegar galhos também, bater uma na outra e lamentar os erros que cometemos?

Tomara que não. Espero que, em vez disso, nos abracemos.

Nesse meio-tempo, deixo a "trilha de burro" e procuro por uma praia.

24

Catherine está sentada numa toalha amarela; eu, numa azul. Tomamos um pouco de sol. Esfrego óleo de coco nos joelhos e nos ombros e por entre as escamas da pele de crocodilo.

— Quero ter uma filha — diz Catherine.

Penso nos rostos da TV.

— Por que você não faz uma filha pra mim? Você e Ernest? Eu a amaria como minha. Ela *seria* minha. Ela seria *nossa*.

Ela toca de leve minha barriga.

— Nós a amaríamos tanto!

— Estou muito velha — respondo. Não consigo dizer a verdade sobre esse assunto.

— Muitas mulheres têm filhos com mais de quarenta anos — diz Catherine. — Conheço uma mulher que teve filho aos cinquenta e cinco anos. Em alguns lugares da Rússia...

— Por que você não tem sua própria filha?

— Ele queria no começo, quando nos casamos, mas eu decidi adiar, por causa do trabalho, e aí, quando estava pronta, não pude mais.

— Que pena — eu disse.

— Tá vendo, é você quem tem que fazer isso. Vamos criá-la em nossos lugares de cartão-postal. — Ele contou a ela. Quando? Fazendo sexo?

— Não, Catherine.

Catherine está sentada, morde o lábio inferior. Então enfia a mão na bolsa e pega um dos sedativos que dissolvem na boca que os médicos lhe deram. Depois olha para mim com os olhos semicerrados.

Por fim, levanta-se e caminha pela praia em busca de objetos para utilizar em suas obras. Em suas primeiras esculturas, usava chaves-inglesas, chaves de fenda, peças de rádio, ferramentas de encanador, mas agora não tem permissão para acessar essas coisas e então precisa procurar objetos mais seguros. Guarda-os na toalha: conchas, estrelas-do-mar secas, a parte de cima de um biquíni abandonado.

Ernest ou eu conferimos tudo antes que ela entre em casa com tais objetos. Verificamos constantemente seu ateliê e outros esconderijos. É o combinado, são os termos de seu alvará de soltura. É o esperado.

Qualquer pessoa que a observe não saberia que observa uma mulher perigosa. Qualquer pessoa que a observe pensaria que Catherine é perfeitamente inofensiva e perfeitamente bonita. Você já os viu... aqueles estranhos cativantes... Ah, aposto que ela acharia maravilhoso saber disso!

Eu a observo se abaixar e recolher o que separou. Quando ela voltar para cá, vou conferir se algo é perigoso.

— Eu estava sob hipnose quando a tive — diz Gillette, mostrando-nos uma foto segurando uma bebê Tatum careca, Tatum loira e branca como amido de milho, desorientada. — Eu sentia medo. Um medo indescritível. A equipe médica achou que meu estado psicológico prejudicaria nós duas, porque, segundo eles, nunca tinham visto uma mulher com tanto medo quanto eu. Então me colocaram sob hipnose para que eu me sentisse no controle. Para que eu me sentisse conectada, quero dizer.

Ela acende um cigarro, coça a parte interna das coxas, onde dá para ver erupções cutâneas ou brotoejas. Estamos sentadas no trailer, na mesa da cozinha, tomando café, e Tatum está brincando lá fora.

— Isto aqui está me matando. É alguma alergia. Nenhum médico sabe que porra é esta.

"Meu trabalho de parto durou 24 horas. Vocês podem imaginar como seria se eu não estivesse em transe? Antes achavam que a hipnose era magia, mas não é. Todos aqueles filmes de Svengali. No início, achava que fossem todos farsantes, e aí, quando passei a acreditar neles, não pensei que pudessem me colocar sob hipnose, não esta garota. Achei que, se tivesse uma mente forte, aquilo não funcionaria. Mas dizem que não importa quanto sua mente é forte. E aquilo é muito lógico, muito científico, mas ainda assim é preciso confiar na pessoa que está te hipnotizando. Não sei o que eu faria se não tivesse sido assim. Mas a hipnose tornou tudo lindo. Com a hipnose, foi como se uma porta se abrisse. Fiquei orgulhosa depois, de mim mesma. E dizem que, depois que pari, eu só sorria. Que eu tinha a aparência que toda mulher deveria ter. Assim que ela saiu e a puxaram pra onde eu pudesse vê-la, foi só um grande sorriso. 'É assim que toda mulher deveria ser', ouvi uma das enfermeiras dizer. Eu gostaria de ter visto a mim mesma. Penso que não foram só aqueles sorrisinhos de Monalisa. Não seria possível retratar como eu devia estar. Acho que eu não queria ter *trabalho* para tê-la. Sei que soa horrível. Eu não queria ter *trabalho* para tê-la. Eu a queria, mas sem o *trabalho*, sem esse tipo de trabalho, sabe? Cathy, você deveria ter um bebê."

Catherine está sentada com a boca ligeiramente aberta. Não diz nada.

— Acho que você não quer, né? — pergunta Gillette.

— É muito complicado — diz Catherine.

— Ah, sim, eu gostaria que fosse simples e fácil. Mas algumas mulheres fazem parecer simples e fácil. Dizem que a acupuntura pode aliviar a dor também. Eu não acredito em drogas. Mas, Cathy, se não existisse a hipnose, não sei o que teria feito. E Amanda é uma alegria.

— Amanda?

— É o nome da Tatum, o verdadeiro nome dela. — Ela olha para mim. — É que ela só quer que eu a chame de Tatum, sabe? Mas o nome dela é Amanda, porque ela merece ser amada. O apelido é Irmã. Mas ela só quer que eu a chame de Tatum, como a menininha dos filmes. — Ela a chama. — Vem cá, querida. Cadê a minha querida?

Tatum vem correndo e sobe em seu colo.

— O que andou fazendo, brincou na lama? Você é tão desleixada, parece uma suinazinha imunda. — Ela beija Tatum na bochecha, fazendo barulhinhos de choramingo. — Mas você é meu anjo, né, querida? Você é meu anjinho.

LIVRO II
QUEM FOI A ÚLTIMA PESSOA QUE TE CHAMOU DE QUERIDA?

25

Não lembro exatamente qual era o nome da doença, mas acho que era nevos peludos ou nervos peludos. Certa vez a *Ebony* publicou um artigo sobre uma mulher cuja pele começou a apresentar manchas brancas, até que ela ficou toda branca. Gosto de recortar esses artigos. Eu gostava de recortar aquelas histórias esquisitas da *Police Gazette*. Catherine e eu sentíamos que estávamos fadadas a nos conhecer, pois na infância éramos fãs da revista. Talvez a revista tenha se transformado na *National Inquirer*. As histórias estranhas da *Police Gazette*, porém, sempre pareciam mais bem-educadas.

Seja como for, em vez de ficar inteiro branco, conheci um brasileiro que só ficou branco da cintura para baixo, como se a doença tivesse algum tipo de raciocínio ou radar e soubesse exatamente aonde quisesse chegar. Havia até uma linha tênue como um equador ao redor de sua cintura.

— A maioria das mulheres fica surpresa ou assustada — diz ele, depois de tirar a calça. Eu vejo as pernas e os pés brancos e a barriga equatorial. — Mas você já deve ter visto algo assim antes, ou ouvido falar, né?

— Não, você é o primeiro.

— E não está com medo de mim? Todas as outras mulheres ficaram. Uma delas deu só uma olhada em mim e já saiu correndo.

Fico parada. Ele tira a cueca. Toca meus seios com as mãos pretas. Olho para seus pés brancos. Finalmente, olho para suas partes íntimas. Ele beija meus mamilos. E não consegue acreditar que não estou surpresa nem com medo dele.

— Surpresa e medo são a mesma coisa — diz ele. E abre minhas pernas e entra em mim. — Não consigo acreditar nisso — continua ele.

— Acredite.

Ele beija minha boca; mordisca minha língua e meus lábios. Quando chega à pele de crocodilo nas minhas costas, ele a toca como se fosse um território familiar.

— Você é uma mulher sensível e misteriosa, e eu sou um estrangeiro em meu próprio país. Somos feitos um para o outro.

Catherine adoraria aquele papinho amoroso. Em português soa adorável. Em inglês soa como conversa fiada. É só escolher.

Não posso contar sobre ele para Catherine, no entanto, porque um dia eu poderia encontrá-lo olhando para mim de algum museu. Aquele homem estranho. Todo preto para cima do umbigo, para baixo todo branco, e as pessoas se perguntando qual seria o simbolismo, qual seria a metáfora. E alguma mulher dizendo: "Ora, é o país, meu bem". E outra: "Ora, ele não deveria ser branco em cima e preto embaixo?".

Fiz com que ele ficasse mais corajoso, no entanto, para passear comigo na praia e até mesmo usar um calção de banho.

— Não entendem o tipo de homem que eu sou — sussurra ele. — Ou o tipo de mulher que você é para ficar com um homem assim!

26

As paredes da sala parecem ter sido lustradas com talco e óleo. Cortinas de renda pendem em frente às janelas — a estampa de duas aves do paraíso se encarando. Se beijando? Venezianas fechadas. Cheiro cítrico. Daria para jurar que vinha do carpete — grosso e amarelo. Catherine ia amar. Espelho dourado. O próprio Ensinanco o fez quando trabalhou durante um verão numa fábrica de espelhos. Uma namoradeira, a cômoda, a cama, o espelho, o carpete e só. Paraíso.

27

— Vem cá, Amanda — diz Catherine. — Quero que fale com uma pessoa.

Ela está segurando o telefone para mim e desenrola o fio — que estava enrolado em seu pulso — antes de eu pegar.

— Quem é? — sussurro. Atrás dela, o sol está laranja.

— É alguém pra *você*.

Coloco no ouvido, e ele diz:

— Querida, é você? Como está?

Como se eu nunca tivesse ido embora, como se eu só estivesse no apartamento ao lado, visitando os vizinhos, como se nunca tivesse ido embora.

Desligo o telefone enquanto Catherine fica lá sorrindo.

— Não repita isso.

— Achei que ficaria feliz. Achei que ouvir a voz dele te deixaria feliz. — Ela está empoleirada no encosto do sofá, os braços cruzados.

— Não se intrometa em coisas que não conhece. Eu posso aturar até o Koshoo, mas isso não.

— Então me fale sobre ele.

— Isso é assunto meu, está ouvindo? Como descobriu o nome dele, afinal?

— Você é uma tolinha — responde. — Quem mais, a não ser uma tolinha, se divorciaria e sairia por aí com a porra da etiqueta de bagagem ainda identificada como "Sra. Lantis Wordlaw", com a porra do endereço e do número de telefone antigos?

Não digo nada. Eu deveria ir agora mesmo arrancar as etiquetas e substituí-las por novas. Mas sou muito preguiçosa e não quero vê-la se vangloriar mais do que está fazendo agora. Então apenas fico lá parada e observo Catherine, cuja boca está com formato de "O".

— Lantis, esse é um nome incomum — observa ela.

— É a abreviação de Atlantis. Os pais lhe deram o nome de Atlantis, mas as crianças o provocavam e caçoavam demais dele. Lantis era mais fácil. Quando cresceu, ele mudou legalmente o nome.

— Gosto mais de Atlantis.

— Eu também, assim como ele, que agora, mais velho, sabe mais das coisas.

— Ele vai mudar de novo?

Dou de ombros.

Ela ainda está com a boca em "O".

— Aposto que você não é divorciada. Legalmente — diz ela. — Aposto que só o largou.

Não digo nada.

— Gosto disso — diz ela, pensativa. — A ideia da mulher fugindo, abandonando.

— Eu não o abandonei.

— Você contou pra ele primeiro ou simplesmente deu o fora?

— Simplesmente dei o fora.

— É isso aí! — ela grita, batendo palmas e saltitando pela sala. — Eu sabia!

Mas ela não sabe. Não sabe sobre a menina. Não sabe que desliguei o telefone tão rápido porque no instante seguinte ele colocaria Panda na linha. E isso teria sido muito difícil. Teria sido o mais difícil. Teria sido a coisa certa para transformar esta bruxa aqui em vidro.

— • —

— Eu sabia! — Pulando, ela é um avestruz dançante. Blusa de seda fora de moda com babados nas costas. Abaixa os braços e depois levanta. — Eu sabia!

Ela não sabe como meu rosto fica sério quando minto.

28

— Acho uma péssima ideia — diz Ernest.

— O quê? — pergunto, sentando para tomar o café da manhã e colocando sal na metade de um melão.

Estamos na varanda. Ela pintou as cadeiras e a mesa de amarelo. O sol está amarelo.

— Contei pro Ernest sobre nossa ideia.

— Que ideia?

— Não acredito que tenha sido ideia da Amanda — diz Ernest. — Não acredito que ela tenha algo a ver com uma ideia tão boba.

— Que ideia?

— Ela nem se lembra — resmunga Catherine. Sua famosa expressão de "fui traída". Ela se levanta para sair da mesa.

— Sente aí e tome seu café da manhã — diz Ernest. Ela volta a sentar.

— Que ideia? — insisto.

— O bebê!

— Não foi ideia *minha*.

Ela olha para mim.

— Eu nunca abandonaria um homem apaixonado por mim.

"Eu nunca tentaria matar um", quero deixar escapar, mas, em vez disso, digo:

— Esqueça isso.

Afundo a colher no melão. Quando encaro Catherine novamente, ela está coçando o interior da narina, como se tivesse sido esquecida. Ernest estende a mão e enxuga suco de melão de seu queixo, tira o dedo de seu nariz como se ela fosse uma pirralha desobediente.

Catherine se encolhe na cadeira. Agora ela é a mulher que se encolhe.

— Como você está? — pergunta ele.

— Estou ok — responde, e se encolhe ainda mais.

Uma mulher na janela de um edifício do outro lado da rua sacode uma colcha. Ela nos olha, então se esconde. Fico imaginando se ainda está nos observando.

— Não vou passar o dia com vocês duas, meninas — diz ele. — A *Psychology Today* está esperando aquele artigo sobre o qual eu estava falando e preciso terminá-lo hoje.

— Você não pode ir! Fique pelo menos uma parte do dia com a gente. Vamos andar de bicicleta.

— Não posso, Catherine. Tenho que trabalhar.

— Vamos fazer uma caminhada, então. — Ela esfrega o nariz.

Apesar dos pedidos, ele se levanta, a beija e acena para mim. Catherine não olha para ele. Ela se encolhe ainda mais.

— Por que você tem que ser tão chato? Você é um chato do caralho. Que chato. Vocês são dois chatos do caralho.

Ele fica olhando para ela por um momento, depois sai. De repente ela ressurge, uma mulher madura novamente. Eu o observo entrando nas ruas lá embaixo. Ele acena para nós, sem se virar.

— Nós três nos *divertíamos* tanto antes — diz Catherine. — Você se lembra de como nos divertíamos? De como *brincávamos*? Vocês dois estão tão chatos agora.

— Não dá pra ficar brincando o tempo todo.

— Bem, pelo menos ele poderia reservar os sábados pra brincar.

Lá embaixo, um homem de chapéu de palha conduz um burro cujo lombo está carregado de cadeiras de palha amarradas com uma corda. O homem passa os dias tecendo cadeiras de palha. Fico imaginando como seria levar uma vida assim.

— Chatos.

— Você falava que somente estar em nossa companhia te fazia feliz. Agora temos que entreter você.

— Por que não? Todo mundo gosta de um bom entretenimento.

— Você tá nessa?

— Nessa o quê?

— Nessa de entretenimento. Ou o que meus pais chamam de "chamar a atenção". É isso que tá fazendo? "Chamando a atenção" toda vez que tenta fazer essas merdas? Fica tão entediada que tentar matá-lo fornece a única emoção...?

— Seja como for, então foi por isso que você abandonou seu marido? — ela pergunta.

— Por isso o quê?

— Por ele ser um chato do caralho? Porque você ficava entediada pra caralho?

Eu não vou dar esse gostinho a ela. Não vou concordar com isso.

— As pessoas se entediam.

— Besteira. Eu nunca me entedio.

Ela se encolhe na cadeira novamente.

— Ele já te fez se sentir *pequena*? É isso que eu quero dizer, na realidade.

Ela precisava saber.

— Sim — respondo. — Acho que sim. Acho que às vezes. Todos os homens fazem isso às vezes. Para que se sintam homens, acho.

— Ele me faz sentir pequena o tempo todo. Pequena o tempo todo.

Ela já é uma mulher pequena e agora tem uma penugem no canto da boca. Eletrólise, querida.

— Se sentir pequena não é fácil.

Sim, eu poderia dizer a ela, conheci homens assim, que fizeram com que eu me sentisse menor do que imagino ser. Mas, quando penso em Ernest, penso no oposto. Me sinto plena ou maior do que imagino ser. Uma mulher melhor. Mas não posso dizer isso a ela. Quem não quer estar na presença de alguém que faça com que nos sintamos maiores e melhores do que conseguimos imaginar que poderíamos ser?

— Sinto como se ele estivesse pisando na minha cabeça — diz Catherine. — Sinto como se estivesse pisando na minha cabeça e me diminuindo.

É injusto da minha parte dizer a ela o que consigo ou não acreditar a respeito de um homem. Certamente não consigo ver o Ernest que ela vê, no entanto ela não consegue ver — tudo bem, vou dizer — o *meu* Ernest.

O meu Ernest? Posso descrever a você o Ernest que eu vejo? Casado com uma mulher impossível. Perplexo e desnorteado com a situação. Quer ver a esposa feliz e produtiva e tenta levá-la a lugares que permitam que ela seja assim. Existem alguns como ele, imagino; você os conhece: homens grandes, protetores e atenciosos, aqueles em quem pensamos quando os problemas surgem (e também quando não surgem), que parecem estar sempre prontos para socorrer os outros (e nos perguntamos quem os socorre); homens de dois corações, assim os chamo, como Hemingway descreveu aquele rio. Às vezes, imagino que estou aqui para socorrê-lo tanto quanto para socorrer Catherine; pelo menos, vou até onde eles estão tanto pelo bem dele quanto pelo dela, para guiá-lo o máximo que posso para longe do perigo.

Ou como na vez em que Catherine me arrastou para aquele museu de cristal — havia cristais gigantes de todas as partes do mundo e de todas as cores —, e caminhar ao redor deles e em todos os ângulos era como descobrir alguma maravilha, a maneira como a luz penetrava neles, os rodeava e saía deles. Gostei da maneira como Catherine descreveu: "Há preciosidades para qualquer lado que olhamos!". Como me lembro dele naqueles primeiros dias? Sobre o que conversamos?

Lembro-me de uma vez em que fui até eles: "Aí está você", disse ele.

Sentamos juntos nos degraus do lado de fora do hospital psiquiátrico. Apenas sentamos. Vez ou outra, ele apenas olhava para mim, me observando, mas eu não olhava para ele. Eu já não perguntava mais por quê. Parei de perguntar por que primeiramente para ele. O palpite de uma pessoa, e o palpite de uma pessoa valia tanto quanto o da pessoa ao lado. Eu podia sentir os olhos dele em mim. Comecei a pensar em outra coisa que certa vez li num livro de Hemingway, em seu livro sobre a ilha. Aquela pintura foi feita por pessoas melhores que a escrita. Ela era uma escultora, no entanto. A mesma diferença. Ela tentou matá-lo, e ainda assim a ideia de Catherine como "a melhor pessoa" sempre passava pela minha cabeça. Por causa daquele livro? Bem, quem é você na imaginação da pessoa ao lado? É difícil ser você mesmo?

"Estão dando a ela uma medicação diferente", disse ele. "Ela precisa tomá-la por dez anos. Meu Deus, e o que acontece depois? Não sei o que querem dizer."

Outra coisa que ele (o outro Ernest, o Hemingway) disse. Que se ele fosse uma pessoa suficientemente boa, teria sido pintor; que se alguém fosse um canalha, seria um bom escritor. Mais ou menos isso. Devo ter lido isso há alguns anos, mas só me lembrei quando conheci Catherine e me tornei parte de sua trupe.

Criatura da própria invenção. Quando disser isso de novo, Vaqueira, sorria.

Por que ele continua com ela?

Você consegue ser melhor que suas ações?

Se eu fosse suficientemente canalha, eu seria...

Ele ficava se virando para me olhar, mas eu não olhava de volta.

— Você sabe quão bem eu penso de você? — perguntou ele.

— Por ter vindo?

— Não só por ter vindo, mas também por ter vindo... Não estou lidando muito bem com esta situação.

— Está lidando melhor que a maioria.

— Falei com o médico dela, mas eles nunca nos dizem algo que possamos aproveitar.

— Então devo voltar amanhã?

— Sim, é melhor esperar. Amanhã já está aí.

Seu terno cinza enrugou em alguns pontos e lugares.

— Posso ir buscá-la amanhã, se quiser.

— Não, dá muito trabalho, e, além disso, seu hotel fica mais perto. Estou fora de mão para você.

Ele ficou em silêncio me observando.

— Não há quase nada que eu não faria por você; você sabe disso — disse ele.

Eu ouvi o "quase". Será que toda mulher ouve o "quase"?

— Obrigada, mas consigo chegar aqui sozinha.

— Tá bom.

— Seu terno parece ter passado por um moedor.

Esse era o clichê educado. Quero dizer, eu poderia ter cometido um deslize e dito que ele estava só o pó da rabiola.

E Catherine — ela não gostaria dessa descrição — é daquelas pessoas que sempre conseguem fazer aquela entrada, aquela grande entrada (embora suas entradas sejam sobretudo privadas, em salas e varandas onde Ernest e eu estamos sentados). Mas também a vi entrar em lugares públicos, restaurantes, museus, lojas. Para dizer a verdade, ela não é uma mulher particularmente atraente; ainda assim, é daquelas que as pessoas olham e dizem: "Que beleza!". Esse é um paradoxo do qual Ellison também gostaria, um enigma para Joyce. Quando ela entra numa sala, as pessoas levantam os olhos. Não voltam ao que estavam fazendo; continuam olhando. Olham até que ela esteja instalada em algum lugar e, acidentalmente, olhe para trás. Não notam, em particular, as pessoas com ela, apenas imaginam que também devam ser especiais por acompanharem uma mulher assim. Se não a conhecem, a primeira coisa que se perguntam é se ela é uma daquelas pessoas do teatro, uma que acabou de chegar de um espetáculo. Como quando alisou o cabelo pela primeira vez depois de dez anos, aí entrou com aquele corte pajem (ela insiste que é egípcio), franja, laterais e parte de trás retas e brincos pendentes de diamante. (Ela me chama de "a última mulher teimosa" porque mantenho meu cabelo afro.) Bem, de qualquer maneira, ela chega com o cabelo recém-alisado e o rosto parecendo uma pintura fresca e declara: "Me levem pra jantar, vocês aí!". Bem, devo admitir, pensei em Cleópatra, mas foi o significado do nome de Nefertiti que passou por minha cabeça: "A bela mulher chegou!".

 E lá vamos nós levá-la para jantar, e a cabeça das pessoas se move, e continuam olhando até que sejamos conduzidos a uma mesa. Se as pessoas olhassem para mim desse jeito, eu pensaria que era porque tinha espinafre preso nos dentes ou meleca pendurada no nariz. Mas Catherine parece alheia a isso: está usando saltos pontiagudos, vestido amarelo e um xale turquesa regiamente colocado sobre os ombros, e parece muito *francesa* (martinicana, ela insiste). Então, depois que nos acomodamos e nos sentamos, as pessoas voltam a jantar, mas vez ou outra as vejo levantando os olhos, olhando diretamente para Catherine — como se importasse se ela estivesse comendo ou sorrindo, confusa ou divertida, analisando seu prato ou coçando seu narizinho negro.

 Certa vez, vimos pessoas assim. Estávamos sentados num restaurante em Nova York, e entrou aquela mulher, uma "pessoa do teatro" que "descatherinezou" Catherine. Usava um vestido roxo e uma echarpe longa também roxa em meio a um séquito de pessoas. Estava bem no meio do grupo, mas os olhos iam direto para ela e lá permaneciam. Até Catherine estava olhando para ela. A mulher era mais alta que Catherine, mais escura, com cabelos curtos. Tinha o tipo de olhos que ninguém esquece. "Persistentes", ouvi alguém dizer uma vez. É engraçado. Catherine e eu ficamos olhando para ela, mas Ernest continuou comendo. Na época fiquei me perguntando se as mulheres que outras mulheres acham interessantes são consideradas interessantes pelos homens. Ou talvez ele estivesse apenas sendo discreto. Seja como for, Catherine e eu mantivemos nossa atenção nela e em seu séquito. Ela continuou enrolando e desenrolando sua echarpe; me lembro disso, e algo que ela disse me fez pensar que ela e eu havíamos estudado na mesma faculdade: "Isso soa exatamente como Sojourner Truth. Vocês sabem quem foi Sojourner Truth, né?".

— Coma — disse Ernest, cutucando Catherine de leve.

Catherine olhou para mim.

— Aposto que é pessoal de teatro — murmurou.

— Sim, pode ser — eu disse.

— Que pessoal de teatro? — perguntou Ernest, espetando uma de suas batatas cozidas no vapor.

— Talvez a gente possa assistir a um espetáculo — disse Catherine. — Sabe, estivemos em Nova York três vezes seguidas, foram tantos anos, e não vimos um espetáculo sequer. É um pecado vir a Nova York e não assistir nada, mesmo que Ernest ache que todos os teatros cheiram mal.

— Eu nunca disse que todos cheiram mal.

— Você disse que a Broadway cheira mal.

— Não me lembro de ter dito que a Broadway cheira mal. — Ele observou o séquito "teatral" por um minuto, mas não pareceu prestar atenção especial. Olhou para mim, depois para Catherine. — Talvez fosse a temporada.

— Acho que você não entende nada de teatro. — E para mim: — Ele gosta da música do mundo inteiro; tudo é música boa pra ele, mas não entende nada de teatro.

— Só porque eu não gosto de tudo?

— Acho um pecado vir a Nova York e não ir a um espetáculo.

— Vou me lembrar disso — eu disse com uma risada.

— Espero não ver minha frase em nenhum de seus livros — disse Catherine, fazendo cara feia. — Você é uma tartaruga-mordedora; abocanha tudo. Ernest viu uma das frases dele no seu último livro.

— Qual frase?

— Não lembro. Você lembra, Ern?

— Hum... — Ele estava mastigando. Engoliu. — Não lembro. Alguma coisa sobre decadência, acho.

— Tinha a ver com decadência, disso eu sei. Bem, de qualquer forma, ele viu a frase e ficou muito satisfeito e lisonjeado. Estou te dizendo agora que eu não ficaria nem um pouco lisonjeada. Enfim, vou fazer uma tira de papel do tipo daquelas de biscoitos da sorte com essa frase e colar numa das minhas esculturas. É minha, ouviu?

Ela bateu nos nós dos meus dedos com o garfo. Um pedaço de queijo derretido ficou preso numa junta. Lambi. Pensei em Fitzgerald proibindo Zelda de usar certas experiências. Essa é minha; você fica com aquela. Ah, mas você pegou a melhor experiência!

A mulher com a echarpe disse alguma coisa. Foi alto o bastante para captar a voz, mas não as palavras.

— A voz dela parece um alarme, né? — observou Ernest.

Catherine olhou para mim e acenou com o dedo mindinho, depois coçou o nariz.

— Você pode ficar com essa. Estou generosa esta noite.

— Talvez a gente possa tentar a Off-Broadway — disse Ernest.

"Agora faça sozinha", Catherine diria se lesse até este ponto. Mas não posso fazer isto sozinha. Nunca se pode fazer as coisas sozinho. Mesmo com minhas descrições de Catherine e Ernest e as pequenas cenas, cada uma das outras pessoas no mundo as verá e descreverá de maneira diferente. Eles são assim mesmo? Não apenas somos tão diferentes dos outros quanto flocos de neve, como também somos tão diferentes de nós mesmos quanto flocos de neve na maneira como as outras pessoas nos descrevem e, às vezes, até nas várias maneiras como nos descrevemos. Faça com que mil pessoas descrevam Catherine, e teremos mil Catherines. Tenha mil pessoas sentadas naqueles degraus com Ernest, ou naquela mesa em Nova York, e teremos mil cenas. Como naquela vez em que Catherine estava lendo a edição internacional da *Time* e começou a rir.

— O que foi? — perguntei.

— Esta matéria — respondeu ela. — Toda vez que leio, é diferente. Para uma pessoa, ela é um ato heroico; para outra, é algo vil; para outra mais, é apenas uma tolice. Por que você não escreve um romance assim?

— Já escrevi — eu disse.

— Escreveu?

— Aquele com o título de *Palhaço*, sabe? Narrado a partir de três perspectivas diferentes: três pessoas contam a história do mesmo evento, e, quando o leitor termina de ler, ou ele assume simultaneamente os três pontos de vista, ou não sabe com qual deles ficar: a pessoa é um herói, um vilão ou uma piada.

— Mas você pensa em piada.

— Por quê?

— Porque deu o título de *Palhaço*.

— Não, não penso em piada; penso em herói. Dei o título de *Palhaço* porque...

— Você é o palhaço — interrompeu ela. — A autora é o palhaço!

— Pode apostar — eu disse, levantando um chapéu imaginário para ela e mexendo o limão no meu martíni.

29

Falando em palhaços, falando em como temos diferentes pontos de vista sobre as pessoas, aqui vai meu encontro com Koshoo Jackson, do qual nunca fiz um relato completo. (Quem fala ou entende japonês também vai entender a piada dentro da piada.) Mas, enfim, eis a cena ou o cenário:

Quando Catherine foi para a cozinha, Koshoo perguntou:
— Você também sente isso?
— Sim — respondi.
— Mamãe Águia pairando, pronta para nos alimentar...
— Uns aos outros? — perguntei.
— Você é uma mulher conforme meu coração.

Ele tirou algo do bolso e colocou sobre meus joelhos. A princípio, pensei que fosse uma daquelas cobras falsas que compramos em lojas de artigos de mágica. Mas era bem fino, bonito e delicado. Uma trança lilás.

— Ah, que maravilhosa — eu disse, tocando a trança.
— No Japão, a confecção de tranças é uma forma de arte muito antiga e respeitada.

Eu já tinha visto essas tranças decorando quimonos e estátuas. Fiz que sim com a cabeça. Mas realmente não tinha pensado nisso como uma forma de arte, como uma arte independente.

— Quando comecei a fazer tranças, me trataram como um sujeito rebelde fazendo crochê.
— É realmente muito bonita.

— É para você.

— Não posso aceitar — respondi.

Eu não podia mesmo aceitar o presente de um sujeito que eu havia tratado friamente a noite toda e, depois dessa ilha de cordialidade, com quem pretendia ser fria o restante do tempo.

O cheiro de carne e quiabo exalava da cozinha. Tentei identificar os temperos: pimenta, sálvia, alho, páprica. Não dá para sentir o cheiro de sal, dá?

— O que ela tá preparando?

— Não sei. Algo que conseguiu nas Ilhas.

— Tem o cheiro das Ilhas.

— Reparou como os dois deram um jeito de desaparecer no momento certo? Isso foi orquestrado — disse ele, erguendo as sobrancelhas.

O cabelo dele era bem preto, liso em algumas partes, crespo em outras. Crespo nas pontas. Usava uma trança caindo nas costas, uma jaqueta de veludo verde e calça preta. Era um homem muito bonito, parecia rico, muito bem cuidado. O pai dele havia estudado japonês na faculdade, ele contou, numa época em que parecia a coisa mais estranha do mundo para um homem negro fazer. Mas, quando a guerra chegou, seu conhecimento de japonês foi útil, e ele foi recrutado para a inteligência do Exército, traduzindo relatórios técnicos e tentando decifrar códigos. Após a guerra, foi para o Japão, para ver os consequentes horrores, e lá conheceu uma jovem e se apaixonou. Depois de me contar isso, Koshoo disse que era apenas um pirralho criado num ambiente militar cujo pai havia estado no Japão depois da guerra, ajudando os japoneses a reconstruir o país após a destruição. Mas o caso de amor era verdadeiro. A mãe dele era de uma família de artistas japoneses — fabricantes de tranças —, e ele cresceu numa tradicional fábrica de tranças. (Soube mais tarde por Catherine, ao menos pelo relato dela sobre ele ou pelo relato dele para ela, que o pai tinha sido marinheiro mercante. Mas, seja lá o que o pai dele tenha sido, a parte do amor sempre vinha à tona.)

— Gosto muito de você. Por que não acendemos este baseado? — perguntou com seu melhor sotaque de maconheiro.

— Não podemos — respondi. — Não podemos estragar o jantar de Catherine.

— Isto não está dando certo — disse ele — porque você não quer que dê certo. Eu sei que gosta de mim.

Peguei a trança em meus joelhos. Devolvi para ele. Ele colocou de volta no bolso da jaqueta. (Mais tarde a recuperei; vou deixar que você adivinhe como.)

— Qual é a história? — ele, então, perguntou.

— Não tem história.

— Seus olhos grandes são tão lindos. — Ele passou os dedos nas minhas sobrancelhas, no espaço entre meus olhos, no meu queixo, aproximou meu rosto do dele e me beijou. — Vou fazer uma exposição em Paris na semana que vem. Por que não vem comigo?

— Não posso.

— Pense nisso.

Eu não disse nada. Ele cheirava a pinha.

— Então, não conseguia nada de espetacular com minhas tranças aqui nos Estados Unidos, até que Catherine e eu combinamos nossos talentos: fizemos uma exposição conjunta em que ela usava as tranças para decorar suas esculturas. Foi uma sensação, e desde então sou requisitado aqui e na Europa.

— E no Japão?

— Ah, no Japão eu sou apenas um fabricante de tranças de segunda categoria. Nem olham para mim no Japão.

— Para mim, elas não parecem ser de segunda categoria.

Mas isso me lembrou do conto do Sri Lanka que lemos numa aula de escrita criativa na qual o professor insistia em usar textos de diferentes culturas, em vez de apenas da literatura ocidental, e todo mundo na classe ficava maravilhado com as narrativas, com quão maravilhosas e originais eram; impecavelmente escritas, cada elemento tão preciso e meticuloso como uma bela tapeçaria oriental (ou uma música de Billie Holiday que coloquei, para desespero da turma); com quão soberba é a imaginação do contador de histórias! Mas o professor comentou que havia mostrado o conto a um conhecido do Sri Lanka e o sujeito riu — disse que no Sri Lanka era a história mais convencional, banal e comum que alguém poderia escrever. Na verdade, no Sri Lanka teria sido obra de um escritor de terceira categoria.

— É uma arte muito antiga lá — dizia Koshoo. — Os parentes da minha mãe riram de mim. O avô dela era celebrado como o melhor fabricante de tranças do Japão. Eu sou razoável, isso é tudo.

Eu continuava admirada, mas não disse nada. E não queria que ele me desse mais detalhes de si mesmo, de sua vida. (Fantasiosos ou reais?) Não queria ser atraída para mais perto. Não queria ficar intrigada com alguém que outra pessoa tinha armado para eu conhecer. Eu gostava de dar de cara com um amante por acaso. Mas como poderia dizer a ele que esse era o problema ou fazer com que isso tivesse sentido? "Se eu tivesse te escolhido no meio da multidão", eu poderia ter explicado. Mas então ele diria: "Vamos então encontrar uma multidão".

Estendeu a palma da mão. Pus a mão dentro dela.

— Já foi a Paris? — perguntou.

— Dei uma passada.

— Como pôde dar uma passada em Paris? Mulher, você é impressionante!

Ele abraçou meu ombro, e me inclinei para ele.

Mas, quando Catherine voltou e Ernest ressurgiu com o vinho, não disse a Koshoo uma palavra sequer. Não agi naturalmente, embora os três brincassem e relembrassem histórias. Vez ou outra, ele me olhava, oferecia um sorriso que eu não retribuía, até que pararam de ser oferecidos. Na porta, estendi a mão a ele. Peixe frio e espumante gelado.

— Até mais.

Meu olhar dizia: "Não faça nada em relação a isso".

O dele: "Não se preocupe".

Catherine, toda alegre, colorida, com um vestido estampado, o acompanhou até o elevador.

Quando ela voltou, eu estava na cozinha empilhando pratos.

— Você se comportou como uma idiota esta noite — disse ela.

— Eu comi seu biscoito da sorte — respondi —, mas joguei fora o papel de dentro sem ler.

— De que diabos está falando? Você poderia ter se comportado melhor com nosso amigo.

Ela acendeu a luz da cozinha. Eu estava organizando as louças só com a iluminação do corredor.

— Não gosto que armem encontros para mim — eu disse. — Não gosto de esqueminhas.

— Quem armou um encontro pra você? Somos todos amigos aqui.

Eu não disse nada.

— Seja como for, qual o problema em receber uma "sorte" como essa? — ela perguntou.

Me arrependi de ter usado a metáfora do biscoito da sorte. É pior que usar "boneca" para uma mulher.

— Gosto de escolher um homem no meio da multidão, por acaso — expliquei.

— Então vamos encontrar uma multidão pra você. Só me dê um tempo para levar Koshoo até lá.

— Agora é tarde — eu disse, lançando um olhar para ela, que tinha o dedo enfiado no nariz, distraída. Então ela pareceu prestar atenção, de volta ao mundo.

— Você é uma tonta — disse ela. — Se eu não tivesse Ernest, eu mesma pegaria esse "boneco".

Fiz uma careta e comecei a encher a pia com água e sabão.

— O que está fazendo? — ela perguntou.

— Lavando louça.

— Por que caralho você acha que eu tenho a porra de uma lava-louças?

Ela abriu a porta da máquina, e organizamos os pratos lá dentro.

— Apenas prometa que não vai tentar armar encontros para mim — pedi. — Sou perfeitamente capaz de fazer isso sozinha.

Ela fechou a porta da lava-louças e apertou um botão.

— Tudo bem, garota — disse ela. — Mas eu, se fosse uma mulher negra disponível, com mais de trinta e cinco anos, eu...

— Usaria a lava-louças? — perguntei.

Ela me olhou. Um semáforo passando de vermelho para verde.

— Você tá certa. Você tá certa. Você tá certa. Meu relógio tá funcionando, querida, mesmo que o seu não esteja. Sei que não sou mais novinha.

Ela segurou meu cotovelo, e nós, "não novinhas", fomos para a sala, onde Ernest nos cumprimentou com um lindo sorriso largo.

— Você viu como essa mulher se comportou? — perguntou Catherine, soltando meu cotovelo e me dando um olhar de "você é uma menina malvada".

— Ela se comportou bem comigo — respondeu ele. — Como ela deveria se comportar?

— Quando ele come, não vê nem o diabo — disse Catherine, jogando-se no sofá.

— Eu veria o diabo — disse ele.

— Sim, se ele viesse atrás do seu angu.

— Eu daria o angu pra ele; é pela costela que eu lutaria — brincou. E então olhou para mim. — Você não foi ruim, mocinha. Achei que se comportou muito bem.

Catherine sentou-se, balançando a cabeça.

— Achei que ela tratou aquele homem adorável de maneira imperdoável — disse ela.

— Ah, Koshoo vai superar isso. Ele se acha um garanhão. Imagino que ele tenha provas suficientes para sustentar essa ideia. — Ernest piscou para mim. — Fico feliz em saber que existe uma moça que não caiu na rede dele.

Catherine emburrou. Recarregue as câmeras, pessoal. Há pelo menos três visões de Koshoo Jackson aqui.

30

— Você sonha com os olhos abertos.
— O quê?
— Você estava sonhando com os olhos abertos.
— Como sabe que eu estava sonhando?
— Porque estava rindo e balançando a cabeça meio confusa.

Sento na cadeira-pavão, e Catherine fica de pé ao meu lado.
— Aposto que você só assusta seus amantes.
— O quê?
— Eles acordam no meio da noite e se deparam com você sonhando com a porra dos olhos abertos. Aposto que os assusta até enlouquecerem.
— Alguns deles.
— O que eles fazem?
— Os espertos correm.
— E os outros?
— O que você acha?
— Fodam-se os zumbis.

31

— É estranho, né? — perguntou Encobierta.

Caminhávamos por sua horta. Eu havia lhe mostrado a pele escamosa das minhas costas, e ela falou que existia uma erva que, preparada como chá, a curaria. Ela estava se abaixando para colher a tal planta agora.

— Pois é, não sei, começou de repente; minha pele começou a escamar.

— Tô falando do que aconteceu com ele. Perto daquela coisa dele, isso daí é uma coisinha, o seu é só um ácaro trombiculídeo. O dele não dá para curar com ipecacuanha. É um castigo do céu; só pode ser curado pelo céu.

— Por que chama de castigo do céu?

— Porque ele deu as costas ao destino.

Ela estava de costas para mim enquanto se agachava e colhia a erva. Vestia calça jeans e uma blusa roxa. Sua bunda era larga e achatada, não tinha cintura. O cabelo grisalho e crespo, preso num coque. Parecia ter sido esfregado com óleo de amêndoa. Cheirava a laranja.

— Não vou mais chamá-lo de Ensinanco. Não vou mais chamá-lo pelo nome verdadeiro. Eu o chamo de Ensinadelo, que significa castigo do céu. Mas foi ele que mudou o próprio nome.

— Qual era o destino dele?

— Ser um curandeiro.

— Como você?

— Não sou curandeira. Eu brinco com as ervas, só isso. Sou uma amadora. Meu trabalho é cuidar da pousada e garantir a felicidade dos viajantes com quartos limpos e a barriga cheia de boa comida. Mas Ensinadelo nasceu com o dom. Nasceu com isso. Quando era bebê, um bebezinho engatinhando, ele tocou um homem enfermo e o curou.

"Mas, quando ficou mais velho, não quis ter mais nada a ver com isso. Queria fazer parte do mundo moderno, ele disse. Além disso, duvidava de seus poderes, falou que não eram seus poderes que curavam, mas as superstições ignorantes de matutos."

Então ela se virou para mim, mas ainda estava agachada no chão, segurando uma planta com o punho fechado. A horta não era simétrica como os jardins ingleses — crescia selvagem e ao acaso —, e era de perguntar como ela encontrou as ervas que plantara. Havia pequenos trilhos para caminhar, mas sem padrão ou lógica, nem mesmo o padrão e a lógica que se encontram num labirinto. Eu podia ver a pousada de onde estávamos, mas certamente precisaria dela para me levar até lá.

— Depois, ele foi para a universidade estudar engenharia e poder trabalhar no Rio, para ser um homem moderno dos tempos modernos. De que adianta o dom da cura se não pode ser usada nos tempos modernos como era nos antigos? Olha só você, uma moça bonita totalmente moderna, né? E o que os médicos dos Estados Unidos dizem?

— Não sabem o que eu tenho — eu ia dizer "a porra que eu tenho". — Um médico disse que achava que era causado pelos nervos, outro por excesso de banho. Se eu tivesse seguido as instruções desse último, seria uma fedorenta.

Ela riu, levantou-se.

— Vamos voltar para eu te mostrar como preparar o chá — disse ela. — É tudo interno. Tudo começa por dentro. Vamos preparar com água de cacto, mas qualquer água serve.

Eu a segui. Ela usava sapatos baixos e práticos, bege com marrom. Os músculos de suas nádegas ondulavam enquanto caminhava; os ombros dançavam.

— Ele era capaz de curar uma pessoa só com o toque — ela contou. — Às vezes ele nem precisava pensar na doença, só tocar a pessoa, como quando a gente esbarra em alguém no meio da multidão; se ele tocasse uma pessoa que precisava ser curada de algo, ela seria curada. Como ele pode dizer que é superstição de gente ignorante, sendo que as pessoas nem sabiam daquilo pra acreditar!?

Ele tocou minhas costas o tempo todo enquanto fazíamos amor, eu estava pensando, e mesmo assim...

— Mas hoje, provavelmente — ela continuou —, ele não poderia curar um ácaro sequer. Isso é o que acontece quando você tem um poder e se recusa a usá-lo, você o perde.

Será que ela estava tentando me contar que sabia sobre...?

— Se ele se dedicar a isso novamente, talvez recupere os poderes de cura. Mas não virão facilmente como antes. Virão como uma sentença.

Fiquei na cozinha enquanto ela mergulhava a planta na água fervente, tirava do fogo e me servia um pouco. O restante, ela deixou descansar no sol para fazer chá de sol. Ela mesma tomou um gole porque disse que era bom para outros problemas, tanto espirituais como físicos.

— Eu? Eu sou uma curandeira amadora. Tenho apenas uma relação de brincadeira com isso, mas ele, que curandeiro poderia ter sido!

Ela ficou em silêncio.

— Também tenho uma planta com poderes contraceptivos — disse ela. — É por isso que só tenho Ensinadelo.

Eu não disse nada.

— No começo, sabe, eu tinha medo dele. Um bebê engatinhando com tanto poder! Eu era uma jovem sem muito entendimento. Não uma ignorante, isso não, mas sem muito entendimento.

Eu não disse nada.

— Acha que terá utilidade para você?

— O entendimento?

Ela riu.

— Essa outra planta.

— Não — respondi, muito rapidamente. Sempre fui tímida com as mulheres mais velhas sobre esses assuntos, embora todas nós soubéssemos onde ficavam as ostras, como ouvi a esposa de um pescador certa vez dizer; perto de mulheres mais jovens e de minhas amigas, eu era mais ousada.

— Eu não pareço uma mulher adulta? — perguntou ela. — Você acha que eu penso que é apenas um relacionamento de brincadeira?

Eu ri.

— Tá tudo bem. Tá tudo certo — eu disse, e tentei fazer uma piada sobre a situação. — Não saio de casa sem isso — respondi, tentando exibir meu melhor sorriso.

Ela tomou um gole de chá.

— Muitas mulheres já ficaram aqui — disse ela, depois de um momento. — Eu gosto mais de você, mas as outras, assim que ele aparecia, ficavam fazendo um olhar de peixe morto, e ele começava a atirar nelas flechas de carinho, flechas de amor. — Ela me olhou cuidadosamente.

— Eu sei — eu disse. — Podia imaginar.

— Olhares de flerte no começo — disse ela. — Então, muito abruptamente, elas vão embora.

Eu não disse nada. Conseguia sentir meu intestino soltando. Me mexi na cadeira, fiquei sentada.

— Você enfrentou por mais tempo.

— Não estou enfrentando nada.

— Se ele não tivesse fugido e tentado seguir outro destino que não era pra ele... talvez você seja apenas uma esquisita, ou talvez por causa de sua doença... mas eu gosto de você seja como for... Já soltou?

— O quê?

— Seu intestino.

— Está bem solto.

— You better run, girl[3] — ela cantarolou o rock.

---

3 "É melhor você correr, garota", trecho da canção "Young Girl", gravada por Gary Puckett & The Union Gap (1968). [N.T.]

Eu não conseguia segurar minha risada nem minha merda.

Quando voltei, já de banho tomado e roupa trocada, ela disse:

— Essa foi a primeira limpeza. Não vai ter mais o mesmo efeito. Quero dizer, você pode tomar o chá em qualquer lugar, a qualquer hora, levá-lo numa garrafa térmica. Vou secar um pouco a erva, para que possa levar com você.

— Quando eu for embora? — perguntei.

— Não se preocupe — ela respondeu, coçando o pescoço. — Eu sei que você não é igual àquelas mulheres, que não vai embora por causa *dele*. Você vai embora por sua causa mesmo. Você iria embora mesmo que ele fosse um estranho qualquer.

— Um homem... — eu disse.

Ela sugou os dentes.

— Sim, mesmo que ele fosse apenas um homem comum.

32

Ensinadelo (Ensinanco) e eu puxamos as espreguiçadeiras para o sol. O ar estava desanuviado. Fiquei imaginando se suas pernas brancas ficariam queimadas de sol. Esfreguei nelas vaselina e manteiga de cacau. Foi a primeira vez que ele se sentiu corajoso o bastante para usar calção de banho. Obviamente, as pessoas olharam. Ficaram boquiabertas. Como se poderia esperar que não ficassem? Na verdade, eu poderia dizer a nacionalidade delas pela maneira como olhavam para ele. Os estadunidenses foram os primeiros a ficar boquiabertos, a parar e ficar boquiabertos, sem disfarçar. Um estadunidense até tirou uma foto (não de perto, lógico, mas de uma distância segura) e várias outras mais, depois voltou e ainda tirou mais uma. Os ingleses olharam apenas uma vez. Os franceses olharam, ficaram maravilhados, fascinados, mas fingiram que não estavam olhando. Os suecos olharam, se aproximaram e discutiram alegremente o assunto com a gente. Os alemães olharam, fingiram que não estavam olhando e fingiram ainda mais que não havia nada de fenomenal num homem assim, nada de diferente em comparação a outro ser humano qualquer — se ele tivesse a barriga feita de tambor, teriam fingido que ele era igual a eles próprios; quando voltaram a seus respectivos hotéis, porém, escreveram sobre ele em seus caderninhos, ficaram com medo e se preocuparam com a existência de um estranho no mundo, e se perguntaram se os genes na parte inferior do corpo dele eram diferentes dos da parte superior. Os italianos se aproximaram e lhe deram as mãos. Já os compatriotas brasileiros fizeram tudo isso. Alguns católicos se benzeram. Mas o favorito dele era o homem que tirava fotos. Ele foi em direção ao homem na segunda vez em que o tal passou, mas este pensou que era para cometer algum ato violento e correu; na verdade, era só para pedir uma cópia da foto dele mesmo. Ele nunca havia pensado que alguém poderia tirar uma foto para ele poder ver como era visto pelo mundo.

— Devo ser uma monstruosidade.

— Uma monstruosidade? Você é um cara bonito. Você fala sobre a surpresa e o medo das mulheres. É você que está surpreso e com medo de si mesmo.

— Sei que minha mãe te contou sobre essa bobagem de cura. Tentei apenas uma coisa desde que desisti. Quando isso aconteceu, tentei curar a mim mesmo.

— Mas não conseguiu.

— Não.

— Então, já que não pode curar a si mesmo, está realmente decidido a não curar os outros.

— É muito do que vocês estadunidenses chamam de besteira. Não tem nada a ver com o mundo de hoje, com seus lasers e homens na Lua.

Esfreguei vaselina nos joelhos e dobrei as pernas na posição de lótus.

— Alguma crença ignorante.

— Se a crença tem êxito, não pode ser ignorante. Pelo menos é assim que entendo.

— Como todos vocês, estadunidenses.

— Como é que é?

— Sua grande filosofia, sua única filosofia, aquela que vocês oferecem ao mundo: o que tem êxito é bom.

— O que tem êxito não pode ser ruim. Talvez o que tem êxito possa não ser a única coisa boa, mas de que outra maneira se pode julgar o que é bom?

— Deveria haver outra maneira — disse ele, e se apoiou nos cotovelos pretos. O interior de seus braços estava cinza. Passei vaselina e esfreguei.

— Bem, por exemplo — ele continuou —, a *Monalisa* não teve êxito em sua época e é boa.

Ele estava argumentando, mas isso era um tipo diferente de êxito. Mas talvez houvesse apenas um tipo de êxito.

— Não sei nada sobre a *Monalisa*.

Ele me olhou de lado.

— O quê?

— Acho que vadias têm êxito. Certeza que vadias têm êxito.

— O que está querendo dizer? — Ele estava carrancudo, desconfiado.

— Todos esses curiosos. Você estava tendo êxito, não estava? Estava tendo êxito pra caramba.

Ele encolheu os ombros, se encostou e observou os curiosos. Tenho certeza de que eles não sabiam se ele estava sorrindo ou zombando, porque eu não sabia.

— Enfim — eu disse, enquanto recolhíamos as toalhas e as loções para voltar. — Enfim, *esta* vadia teve êxito.

— O que está querendo dizer? Aliás, não gosto dessa palavra para uma mulher.

— A propósito, eu também não.

— Então por que fica repetindo?

— Porque eu a ouvi demais.

— Bem, continue — ele disse. — Me explique.

— Quero dizer que, depois que paravam de olhar pra você, eles olhavam pra mim e ficavam se perguntando.

— Se perguntando o quê?

— Que tipo de mulher eu era.

— Por estar comigo?

— É, isso, e... como se talvez eu também estivesse escondendo algo, algo ainda mais fantástico.

— O que poderia estar escondendo? Pra mim, parecia bastante que estava mostrando tudo.

— Nem você viu tudo, amigão.

— Então me mostre.

— Essa é a outra "filosofia estadunidense" — eu disse.

Ele esperou. Mais tarde, disse que eu era cheia de frases espirituosas. E tais frases espirituosas, ele falou, eram outra característica estadunidense. Segundo ele, eu era cheia dessas pequenas características estadunidenses, como um bombom recheado de avelãs. E os Estados Unidos, do ponto de vista das pessoas latinas, eram a maior frase espirituosa de todas.

— Você percebeu como os estadunidenses ficaram boquiabertos? — perguntei.

— Sim.

— Então, eles foram os que menos acreditaram no que viram. Você poderia ficar se exibindo até o dia do Juízo Final e ainda teria que provar que existia.

— Fique quieta, mulher, e venha me mostrar algo bom. Não precisa me mostrar até o dia do Juízo Final, mas pode me mostrar a noite toda.

Eu não disse a frase espirituosa seguinte, mas ela estava lá. Joguei uma sutileza no ar.

— Apesar de todas as suas reclamações sobre estadunidenses, você e sua mãe com certeza conhecem a letra de várias canções de blues e rock estadunidenses.

Ele olhava como se não soubesse o que eu queria dizer. Mas moveu um músculo quando falei de sua mãe.

33

Não me lembro dos nomes: Alexandre, Artur, Cristóvão, Joaquim? Clara, Cristina, Domênica, Vitória? Humberto? Mas os chamarei de Joaquim e Vitória.

— Estes são Joaquim e sua namorada, Vitória. E esta é minha amiga dos Estados Unidos.

— Você é dos Estados Unidos? Estive nos Estados Unidos, em Chicago. Conhece Chicago? — perguntou Joaquim.

— Todo mundo conhece Chicago — disse Vitória. — Ele voltou chamando todo mundo de *my man*, inclusive eu. — Ela riu.

— De que lugar dos Estados Unidos você é? — perguntou Joaquim.

— Ohio.

— É um estado?

— Lógico, todo mundo conhece Cincinnati — respondeu Vitória novamente. — Fica em Ohio.

— Desça do seu cavalo.

— Ele trouxe essa expressão de lá também. Não posso dizer uma palavra sem depois ter que descer do meu cavalo. Ele monta o dele o tempo todo.

— Me disseram que me perderia em Chicago, mas não aconteceu.

— Você me disse que se perdeu.

— Sim, me perdi, mas me encontraram, então é o mesmo que não se perder. Mas veja o nosso país. Temos um país muito generoso também. Tem muito disso aqui. Mas tem lugares aqui em que, se você se perder, nunca mais te encontram. Nem invente de brincar de esconde-esconde aqui. Não vai ser encontrada.

Bigode fino, cabelo preto e grosso. Ele parece todos os vilões de todos os filmes que vi. Descubro que é filho do dono da fábrica de espelhos onde Ensinanco trabalhou durante um verão.

— Eu até me perdi em Nova York e me encontraram, mas, se você se perder aqui, desaparece de vez.

— Você pode se perder no Rio — completou a namorada.

— Você pode se perder no Rio mesmo sabendo onde está. — Ele riu. — Você tá em boas mãos com o En, *my man*. Então, cara, tô pensando em abrir um negócio.

— Ótimo.

— Sim, tô pensando em abrir um negócio.

Ele olhou para mim.

— Já estive em diversos lugares, mas a espécie humana é a mesma em todos eles. Isso é o que a gente aprende. — Acariciou minha mão. — Deixa eu te contar uma coisa.

— Ele não tem más intenções — disse a garota. — Olha, Quim, você tá incomodando a moça, e o Ensinanco também não tá muito contente.

— En, esse é o cara, né, amigo? Você sempre faz tempestade em copo d'água. Quando você argumenta, precisa apoiar o argumento numa base sólida, o que significa que deve ser sobre alguma coisa. Me deixa tocar a mão desta mulher se eu quiser. Me permita fazer isso. Só quero dizer uma coisa a ela: não se perca no Brasil porque nunca vão te encontrar.

— Você já disse isso a ela.

— E, quando você se incomodar, se incomode com alguma coisa.

— Bom, tá resolvido — disse a garota. Ela tirou a mão de Joaquim da minha e a segurou.

— No seu cavalo de novo. Pensando em abrir um negócio, En, *my man*.

— E você diz isso pro En todo ano.

— Estou pensando nisso. Claro que estou. Não é conversa fiada. Meu pai se fez do nada.

— Nunca acreditei nisso — disse a garota. — Sempre tem algo que te faz. Ninguém pode fazer algo do nada.

— Meu pai se fez do nada. Já eu, eu sou como um elástico; tudo o que preciso fazer é esticar o que já tenho.

— Esticar emagrece.

— Ouça ela. Vá pro Rio.

— Tô dizendo que é preciso acrescentar algo ao que já temos.

— Vá pro Rio.

A garota olhou para mim.

— Ele realmente é um cara legal.

— Você já esteve numa fábrica de espelhos? — Ele acariciou minha mão outra vez.

— Não.

— É um bom lugar para trabalhar, se você não se importa de olhar para si mesmo todos os dias. — Ele direcionou uma orelha para trás e ouviu a música. Havia casais na pista de dança. — Você sabe sambar? — perguntou. — Ou seja lá o que raios eles estão fazendo. Nunca sei o que estão fazendo, eu só saio e vou sambar.

— Todo mundo faz isso, né? — disse a namorada. — Vamos, vou sambar com você, se eu ainda souber sambar.

Quando eles já estavam na pista, Ensinanco se levantou.

— Vamos embora — disse ele.

— Não vamos esperar eles voltarem? Não vamos ser educados?

— *Estou* sendo educado — disse ele, e me guiou por entre as pessoas que dançavam.

Todos precisam de um pouco do colorido local, certo?

34

Encobierta examinou minhas costas. A pele de crocodilo estava curada. Ela voltou, mas naquela época estava curada. Nunca fui muito mística, mas sinceramente não sei dizer se a cura veio das plantas medicinais dela ou dos toques amorosos de Ensinanco na noite anterior.

— Ah, foi um bom trabalho, não foi? — proclamou ela, as mãos nas minhas costas nuas. Então apoiou um espelho na mesa e o direcionou para as minhas costas ("Temos mais espelhos do que sabemos o que fazer com eles!"), para que eu pudesse ver como estavam sem marcas e lisas.

Foi um bom trabalho — a pele parecia nova.

— Vou providenciar um saco dessa erva, é boa para outras coisas também. Problemas de estômago, problemas de mulheres, regulador intestinal.

— Ah, já sei que é um bom regulador intestinal! — exclamei.

Ela riu e segurou minha blusa enquanto eu enfiava os braços. Mastigava alguma coisa, pensei que fosse chiclete, mas descobri que era cacto cru. Carregava no bolso pedaços de cacto dentro de um saco plástico e, de vez em quando, levava alguns à boca. Fiquei observando-a pelo espelho apoiado na mesa. Olhei para mim mesma, depois desviei o olhar.

— Vou embora logo, logo — falei para ela.

— No começo, achei que você fosse embora mesmo, mas daí, depois que conversamos, pensei que eu pudesse estar errada. Achei que, em vez da mulher rebelde seguindo seu caminho que pensei que você fosse, você tivesse vindo realmente para ficar com ele... que pudesse ser a mulher pra acolhê-lo... resgatá-lo do castigo do céu. Que tivesse vindo para cá para salvá-lo. Comecei a achar que o amor talvez pudesse salvá-lo... algum amor especial, sabe? Mas agora percebo que é ele que tem que salvar a si mesmo.

"Falando no mundo moderno, ele é como um Jonas... foge e tenta alcançar um destino diferente daquele que o céu escolheu para ele, daí esse encantamento ocorre. Ele ri de mim quando ouve meu falatório. Não sou uma velha matuta ignorante como ele gosta de acreditar. Morei no Rio antes de ele nascer; convivi com pessoas desde o topo até lá embaixo, e de baixo ziguezagueei de volta para o topo. Conheço este país como a palma da minha mão e não tenho medo do calor ou do frio daqui."

Engoliu o punhado de cacto e pegou outro no bolso.

— Falo pra ele que é castigo do céu, mas não sei se isso é verdade. Só sei o que vejo. E o que vejo é que ele é todo preto na parte de cima e todo branco na de baixo. Mas o que se vê, e somente o que se vê, não pode ajudá-lo a se curar. O que você vê quando olha para a ipecacuanha? Discreta, crescendo ali como qualquer uma das plantas de Deus, mas, ao colocar ela pra dentro, que maravilha.

Eu ainda não tinha abotoado a blusa. Estava recostada com os cotovelos na mesa da cozinha, ouvindo. Ela veio e abotoou, depois foi até a bancada e começou a cortar carne e legumes para o cozido. O cheiro de alho e pimenta-malagueta encheu a sala.

— E, se isso for verdade, é melhor não trombar com o destino. É melhor fugir.

— Sou uma garota negra teimosa — eu disse. — Se você fizer parecer que estou fugindo dele, talvez eu fique.

Ela balançou a cabeça vigorosamente e cortou a carne fresca.

— Não, você não vai fugir dele — disse ela.

Ela se virou para mim de repente, o facão levantado.

Como qualquer ficcionista, tentei concluir a cena.

— Eu estaria fugindo de *você*? — perguntei.

Ela olhou para baixo, para si mesma, o facão, o sangue da carne em seu avental. Ela riu. Eu ri.

— Não — respondeu. — Todos corremos atrás de nós mesmos. Pode parecer que estou parada no mesmo lugar, mas também estou correndo atrás da Encobierta.

— E, quando a gente encontra você, é melhor tomar cuidado!

— Pode acreditar — disse ela, o facão erguido novamente, seus ombros balançando.

Ela parou de rir e me encarou por um momento. Eu me senti tão transparente quanto o ar. Achei que ela fosse falar de mim, mas não falou.

— Sabe, na época colonial não havia pousadas, nenhuma pousada no país inteiro. As pessoas que viajavam tinham que ter cartas de apresentação se fossem importantes e ficavam em casas-grandes, mas não existiam instalações públicas como na Europa. Pelo menos foi isso que ouvi. Houve um homem que se hospedou aqui, um historiador pesquisando a história do Brasil. Sabia mais sobre meu próprio país do que eu. Disse que veio aqui para saber a verdade sobre a história antes de escrever o livro. Ele frequentou todas as grandes bibliotecas de todos os países onde as pessoas tinham alguma coisa a dizer sobre o Brasil, o que significa que ele esteve em quase todos os lugares. O Brasil, ele contou, foi sua última parada antes de escrever o livro. Isso me pareceu uma coisa curiosa, que fosse sua última parada em vez da primeira. Mas ele ficou decepcionado, sabe, porque sentiu que ainda não sabia a verdade sobre a história. Não sei por que estou falando desse assunto. Talvez porque as pessoas estejam sempre procurando por uma grande verdade, e talvez exista apenas um monte de pequenas verdades. Mas aquilo sobre as pousadas foi uma coisa boa de saber, já que administro uma. — Ela sorriu. — E a administro de *dentro* dela. Imagino que, se a pessoa não fosse uma daquelas importantes, só dormia debaixo das árvores. Aí construíam seu próprio abrigo, se decidissem ficar... Esta pousada era uma das casas-grandes. Reformamos, instalamos eletricidade e água encanada, modernizamos, né. O pai dele e eu. O pai dele é meio negro, meio indígena, Tupi; isso se chama cafuzo, o historiador me disse. Parece confuso para mim, cafuzo. Ele está sempre fora de casa, como se estivesse sendo perseguido, e volta para cá quando quer. Eu? Eu fico onde estou. Sou como minhas plantas. Não, eu sou como uma raiz. Valério, o pai dele, também é como uma raiz, mas uma daquelas raízes mágicas que crescem onde quiserem. Eu era uma andadeira antigamente, mas agora gosto do que me cerca, e isto tudo gosta de mim, eu acho. Tenho minha horta de cura lá nos fundos. Mas não penso no Ensinanco como algum tipo de raiz. Acho que ele vai se instalar no Rio quando começar a exercer a engenharia, vai continuar vindo de vez em quando, como sempre faz. Não é uma raiz e, se for uma planta, não sei de que tipo. Ele apenas acha que sabe para que lado quer crescer. Ninguém pode crescer sem crescer por dentro.

Quando falei para Ensinanco que ia embora, tínhamos acabado de fazer amor e estávamos sentados em cadeiras de vime comendo tangerinas e coco fresco. Mergulhávamos nossas mãos inteiras no interior das cascas de coco e alimentávamos um ao outro.

— Você vai voltar — disse ele brevemente.

— Acho que não.

— Sim, você vai voltar. — Ele pôs um dedo cheio de polpa de coco na minha boca. Lambi seu dedo. — Seja como for, tem lugar para você aqui. Quando voltar, já terei aberto minha empresa de engenharia e terei um lugar só meu.

— Suponha que ela esteja certa, suponha que, se você voltasse a ser um curandeiro, você se curaria, ficaria todo preto novamente?

Ele mergulhou a mão dentro do coco e comeu a polpa.

— Não acredito nisso — respondeu. — Mas, de todo jeito, prefiro afagar o touro pelos chifres.
— Agarrar o touro pelos chifres.
— No Brasil, a gente afaga o touro.
Ele esperou minha frase espirituosa.

35

Então volto para Catherine e Ernest para afagar os chifres do touro — ou então para afagar as bolas dele. A escolha é sua.

36

— Não sou um homem muito falador — diz o fabricante de cadeiras de palha. — Não fico falando só por falar. Quando eu falo, falo com o coração ou com os dentes.

Eu me levanto e fico observando o sujeito trabalhar. Algumas das cadeiras de palha parecem ter sido confeccionadas com o coração e outras com os dentes. Começo comprando duas feitas com o coração, mas mudo de ideia. Compro uma feita com o coração para Ernest e uma feita com os dentes para Catherine. Não consigo decidir qual levar para mim. Você decide.

37

— Nunca falo sobre demônios, nunca — disse Encobierta.

Estávamos sentadas à mesa da cozinha, tomando chá de ipecacuanha. Minha bagagem estava aos meus pés. Ensinanco tinha ido pedir um carro emprestado para me levar ao aeroporto.

— Nunca. Quando a gente fala sobre demônios, eles aparecem. Eu falo sobre anjos.

— Eles aparecem?

— Não, mas às vezes os ouço batendo as asas.

Ela colocou um saco da planta medicinal seca dentro da minha mala.

— Acha que perdeu tempo com ele? — perguntou de repente, seus olhos como os de um esquilo.

— Não! — respondi, mais bruscamente do que pretendia.

Ela não recuou.

— Às vezes, uma mulher precisa deixar a grama crescer debaixo dos pés.

— Eu sempre escorrego na grama.

O que diziam os estadunidenses? Uma pedra rolante não acumula musgo. Aposto que, se alguém examinasse uma no microscópio, descobriria partículas nela. Todos esses ditados: clichês numa língua, algo novo em outra. Como a versão galesa para "está chovendo canivete": "está chovendo varinha e vassoura de bruxa".

Ouvimos os passos de Ensinanco e nos calamos no momento em que ele entrou na cozinha.

— Estavam falando de mim, meninas? — perguntou.
Encobierta piscou para mim.
— Ah, você apareceu.
Ela se levantou da cadeira e pegou minha bagagem de mão. Ensinanco pegou minha mala e saímos.
Sentei no jipe sem dizer nada.
— Quando te conheci — disse ele —, te achei muito quieta para uma garota estadunidense. Pensei que tudo que as garotas estadunidenses faziam era falar sem parar. Achei que todas fossem feitas de conversa mole.
Eu ri, me inclinei e beijei seu queixo.
Os dois lados da estrada eram repletos de árvores.
— Não são aquelas árvores das quais se extrai óleo? Qual é o nome delas?
— Não sei o nome. Mas furamos o tronco e dele extraímos o óleo, como é feito numa árvore de bordo para extrair xarope.
— Sim. Li a respeito disso numa revista. Uma mulher ficou sem gasolina e pegou um balde, caminhou até uma dessas árvores e conseguiu óleo suficiente para dirigir até sua casa. Vamos chamá-la apenas de "árvore posto de gasolina".
— Tá bem — disse ele, pensativo, como se não estivesse realmente ouvindo.
— Aposto que aqui vocês têm tantos recursos naturais que ainda nem descobriram — eu disse.
Agora eu era feita de conversa mole e inquieta como se tivesse carrapicho nas calças.
— Adeus — eu disse, quando chegamos. Estendi minha mão, pronta para embarcar.
Ele olhou para mim como se eu fosse uma louca. Então agarrou meus ombros, me puxou para perto dele e me beijou.
— Pense em mim como uma daquelas árvores posto de gasolina — disse ele, então se virou e caminhou rapidamente de volta ao jipe.

Pensei em todas as pessoas que o viram, mas não o enxergaram de verdade.
Ele não acenou do jipe, apenas moveu a cabeça e seguiu para a estrada.

38

— Você é amiga de Catherine Shuger, não é?

Eu estava no balcão de cosméticos da Hudson, no centro de Detroit.

— Sim.

Ela segurou meu cotovelo e me afastou um pouco de onde eu experimentava perfumes Charles of the Ritz.

— Ela foi internada de novo? O marido dela a internou de novo?

Catherine havia deixado a clínica para o fim de semana; Ernest a levaria de volta para Ann Arbor na segunda-feira. Eu tinha acabado de chegar de Madagascar — onde estava trabalhando num livro de viagens — para passar o fim de semana com eles, mas não queria falar sobre meus amigos com essa mulher. Era uma jovem atraente, vestia casaco de raposa, saia de lã de comprimento médio e botas de couro italiano. Olhando para ela, nem daria para pensar que era uma intrometida. Fiquei me perguntando o que ela vestiria se tivesse que, sozinha, apanhar a raposa.

— É verdade o que estão dizendo? Que ele vai buscá-la todo fim de semana e a leva para casa, e todo fim de semana ela tenta matá-lo? Isso é mesmo verdade?

— Ouvi dizer que era todo mês — respondi.

— Então também não sabe? Você não é próxima?

— Próxima? De qual deles?

Ela ficou boquiaberta, então se recompôs. Seus dedos massagearam seu pescoço.

— Imagino que você seja próxima dos dois.
— Não me deixam chegar tão perto — eu disse.
Sua outra mão ainda estava no meu cotovelo. Foi insistente.
— Ah, qual é... como é isso? Como é isso? Deve ser uma viagem.
Soltei o cotovelo da mão dela.
— Tenho que ir — eu disse.
Ela massageou o pescoço com as mãos, então colocou uma delas no quadril; a outra brincava com a pele do casaco.
— Ela não dá entrevistas, né? — perguntou, as duas mãos no quadril agora.
— Ah, você é jornalista? Tá explicado.
— Tentei fazer uma reportagem sobre ela para o *Detroit Free Press*. Ela não falava comigo, e o marido também não. E agora você também não quer falar comigo. Qual o seu nome, afinal?
— Buck Mulligan.
— É um nome engraçado para uma mulher. Ah, você está brincando. Não, esse não é o seu nome verdadeiro. Agora me lembro quem você é. Quando a vi com eles e os segui, achei que a conhecesse. Achei que me fosse familiar. Você é aquela... Wordlaw, é aquela escritora. Aquela romancista. Você não publica um romance há anos. Tentei ler um de seus livros de viagem, mas, garota, não consegui terminar aquele monstro. Sempre quis te perguntar: para você, qual é a diferença entre pornografia e...? Olha, eu poderia escrever um artigo sobre você. Eu *adoraria*. Não temos uma exclusiva sua há anos!
— Não, obrigada.
— Por que não?
— Também não dou entrevistas.
— Por que não?
— Até logo. — E me afastei.
— Pode confiar em mim.
Eu não disse nada.

— Em que você está trabalhando agora? Espero que não seja mais um daqueles livros do tipo *Verão em New Hampshire*. Queremos uma exclusiva sua, garota!

— Até logo — eu disse novamente.

— Está bem, que seja assim, então.

Voltei ao balcão de cosméticos para experimentar uma colônia. Quando olhei por cima do ombro, a garota ainda me observava, de pé contra uma arara de vestidos, o dedo mindinho no canto da boca. Fiquei me perguntando novamente o que ela estaria vestindo se tivesse que apanhar sozinha a raposa. Bem, parece que ela tinha conseguido arrancar o pelo de *alguma coisa*.

Quando abro a porta, Catherine está debruçada sobre Ernest, segurando uma escultura de vidro, pronta para derrubá-la em sua nuca. Grito, e ele se levanta num pulo. O vidro bate no encosto da cadeira de couro amarelo. Ernest e eu observamos Catherine, cuja mão se feriu com os cacos de vidro e está sangrando. Então ela começa a chupar os dedos.

— Temos mercúrio? — pergunta ela.

— Mercurocromo, você quer dizer — corrige Ernest. — Mercúrio é tóxico.

Ernest faz um curativo na mão dela, enquanto eu limpo os cacos de vidro. A escultura era grande demais para ser escondida. A única maneira de ter entrado na casa era ele ter permitido.

Quando Ernest sai, pergunto a ela:

— Como a escultura veio parar aqui?

— Alguém me enviou pelo correio — responde. — Tive que assinar e tudo. Entrega especial, garota. Você se lembra de quando eu estava na minha fase transparente?

— O quê?

— Ah, você não me conhecia quando eu estava na fase transparente. Fazia todas aquelas esculturas, e as pessoas podiam ver através delas. Foi quando eu ainda podia usar vidro, bem, vidro de segurança. Tive que mudar para plástico. Você deveria ter me conhecido quando eu estava na fase transparente. Alguém lembrou. Bem, quão tóxico é isso?

Tento pensar em todas as pessoas perversas que poderiam fazer isso.

Ela olha para a mão enfaixada.

— Cadê o Ern?

— Saiu.

— Não percebi que ele saiu. Para onde ele foi?

— Quem sabe? Deve ter ido tomar um ar.

Seguro minha raiva. Eu me apeguei a eles. Também estou presa.

— Mercúrio é mesmo tóxico? — pergunta Catherine.

De repente, temos o mesmo pensamento, mas nós duas o descartamos. Envenená-lo? Não, em todos esses anos ela nunca tentou, e as estatísticas dizem que essa é a maneira mais comum de uma mulher matar o companheiro. Mas Catherine não é uma mulher comum. E veneno é muito fácil, muito silencioso, muito cheio de funcionamentos internos.

Ela quer o espetáculo, o ato repentino de violência. A antecipação do sangue. Ela é a francesa que vi em Marselha comendo um hambúrguer cru, com ovo cru por cima e batatas fritas que ficou sem entender quando pedi ao *chef* a minha carne sem sangue. *Pas rouge*. Sem vermelho.

Bien cuit. Très cuit. Bem-passado.

— Bem-passado? Isso significa sem sangue?

Ela não tentaria nada que fosse sem sangue. Ou sem teatro. Precisava ser teatral, mesmo que eu fosse a única idiota na plateia. Sempre a antecipação da cena final. E a cena final era sempre assassinato. E, como a mulher de Marselha, ela não compreendia o assassinato sem sangue.

— Pobre bife, sem nenhum caldo. Você não gosta de sangue? Sangue é bom pra você. Sangue constrói sangue. Não gosto de carne sem sangue. Não entendo carne sem sangue.

39

Catherine está sentada do outro lado da mesa, desenhando meus ombros — um estudo para uma nova escultura em que está trabalhando.

— Desabotoe um pouco a blusa.

Desabotoo um pouco.

Os olhos dela são verdes. Hoje eu gostaria que fossem mais escuros. Hoje eu sinto que não são escuros o bastante.

— Me conta quem foi a última pessoa que te chamou de querida — ela pede.

Eu ri.

— Ninguém nunca me chamou de querida.

— Ninguém? Nunca? Não consigo acreditar nisso. Alguém deve ter falado. Devo chamá-la de querida?

— Lógico que não. Não seja besta.

Ela continua o esboço. Faz pausas. Me observa. Olhos de ratazana? De camaleão?

— Ernest te chamou de querida uma vez.

Faço uma careta.

— Ele nunca me chamou de querida.

— Sim, ele chamou, sim. Naquela manhã. Naquela manhã, quando nos trouxe uma cesta de peras...

— Ele te chamou de querida. Ele disse: "Querida, como você está?".

— Aí olhou pra você e te chamou de querida também. Ele disse: "Como está hoje, querida?". Chamou nós duas de querida. Então alguém te chamou de querida.

Ela senta com os braços cruzados, um Gato de Cheshire. Seu sorriso iluminando o rosto.

— Não, ele não me chamou de querida, Catherine. Agora me lembro. Ele me chamou de *boneca*. Eu me lembro agora. Ele *te* chamou de querida. E disse pra mim: "Como está hoje, boneca?". Ele disse boneca.

Catherine enruga a testa e se inclina para desenhar novamente.

Eu me lembro agora, porque naquele momento pensei que nunca tinha sido chamada de boneca. Aquela foi a primeira vez em que um homem me chamou de boneca. Me lembro disso porque nunca gostei da palavra boneca para se referir a uma mulher e, por alguma razão, quando ele disse aquilo, eu gostei. Ou quase. Mas não me senti de fato uma boneca. E me confundiu o fato de eu quase gostar daquilo. Eu era muito de carne e osso para ser uma boneca. Mulheres que parecem bonecas me assustam.

— Mentira! — grita de repente, jogando o lápis de carvão no chão. — Ele também te chamou de querida! Mentira que ele não chamou. Sei muito bem do que me lembro!

— Catherine, você se lembra do que quer se lembrar, eu me lembro do que ouvi.

Ficamos sentadas olhando uma para a outra, como raposas desconfiadas.

Então ela ri.

— Garota, acho que isto vai ficar bom.

40

Quando Ernest voltou para o apartamento, Catherine fez uma merda.

— Saia daqui! — gritou assim que ele entrou. — Me deixe sozinha com a minha mulher. Não perturbe a mim nem à minha mulher.

Nem Ernest nem eu esperávamos por aquilo. Apenas olhei para ela, e Ernest para mim. Por fim, olhei para ele. Ele foi para a cozinha e se serviu de uma xícara de café. Eu o segui.

— Ernest, não acredite nisso que ela falou — expliquei. — Eu não sou a mulher dela. Não tem nenhuma merda dessas acontecendo aqui.

— Claro, eu conheço Catherine — disse ele.

— Não sei o que deu nela dessa vez. Você sabe que não existe nada... Você sabe como ela gosta de assustar a gente dizendo coisas terríveis.

— Claro, eu sei — disse.

Me servi de uma xícara de café e sentei em frente a ele. Me senti como uma folha.

— Que mulher! — falei, tentando rir dela.

— É, mas às vezes eu gostaria que *você fosse minha* — ele disse baixinho, tão baixinho que eu poderia ter fingido que não ouvi.

— Não, você não gostaria — eu disse, meus olhos tão arregalados quanto os de um coelho.

Ficamos nos olhando por um momento, então me levantei da mesa.

De volta ao ateliê, Catherine embrulhava sua alma em papel pega-moscas. "Minha alma" era como chamava seu pincel favorito. Ela começara a pintar suas esculturas usando cores profundas e ricas — turquesa, bordô, lavanda. Os egípcios — ela explicou — pintavam suas esculturas. Era uma forma de preservar a madeira. "Você não me conhecia quando eu podia usar madeira de verdade", acrescentou.

— Você explicou pra ele? — perguntou.
— Sim.
— Não sei por que falei aquela coisa horrível — disse. — É, mas eu falei. Queria fazê-lo se sentir do mesmo jeito que ele faz me sentir.
— Como ele faz você se sentir?

Ela dissera "pequena" certa vez; talvez agora contasse outra história.

— O que você é agora, a merda de uma psiquiatra ou algo assim? Por que não vai lá e joga ele na porra da sua cama? É isso que está ansiosa pra fazer, né? Eu ouvi.

Como ela poderia ter ouvido o que eu mesma mal tinha escutado?

— Eu ouvi ele te chamar de querida aquela vez.
— Você *ouviu mal*. Ele me chamou de boneca e estava sendo brincalhão, e não tinha nenhuma... Enfim, você estava tagarelando sem parar. Você fala tanto que não escuta ninguém. Mas nos manda para Oz mesmo quando não entendemos nem uma vírgula do que você diz! Que merda é essa? Vou sair sozinha.

Ela era a folha agora.

— Você vai voltar?

Ela estava com o pescoço esticado para a frente como se fosse uma tartaruga espiando para fora da carapaça, trêmula diante do mundo que via.

— Claro que vou voltar, boneca — respondi, e saí.

41

Uma cesta de peras frescas. Ele colocou as frutas na mesa do café da manhã e beijou a testa de Catherine.

— Bom dia, querida. — Então se virou para mim: — Como está hoje, boneca?

— Você está tão bem-disposto — disse Catherine, os olhos da cor das peras.

Ela pegou uma pera.

— Adoro quando elas estão firmes. Nunca gostei de pera mole. Ern gosta das molengas. Eu amo peras firmes, maçãs firmes, pêssegos firmes, mas dificilmente se encontra um pêssego firme que preste.

Ernest abriu o jornal, e servi o pão, a geleia e as azeitonas.

É assim que me lembro, seja lá como for.

42

Fico olhando para o oceano, segurando areia com os punhos fechados. Catherine e eu somos duas baleias encalhadas, engordadas com leite e biscoitos salgados. Deixo a areia correr pelos punhos. Na colina maior é possível avistar a igreja-fortaleza. Construída em algum outro século traiçoeiro, quando sempre temiam invasões marítimas. Militares ou religiosas? Seja como for, quando era usada militarmente, eles louvavam. Pedra cinzenta imaculada. Sua utilidade, cinzenta. Ambígua. Por suas portas, não dá para saber se é para esperar um padre ou um soldado. Deixo Catherine descrevê-la arquitetonicamente. Para mim, tudo é gótico.

— Você acha que estamos no centro? — pergunta Catherine.

— Do quê?

— Do mundo.

Dou de ombros e sorrio. Sempre me senti no limite. Cartões-postais são mais simples que mundos. Mas, até mesmo ali, me imagine com o rosto sonolento à margem, metade na sombra, mas sempre observando.

— Você se sente no centro? — pergunto.

— A gente sempre se sente no centro, onde quer que esteja — responde ela.

Então que seja verdade para alguns de nós.

Catherine está sentada num grande tronco seco, e eu estou num montinho de areia.

— Alguma vez achou que voltaria para seu marido, para o seu Lantis? — pergunta ela.

— Não, acho que não.

Num dos países africanos existe um ditado: Você pode olhar o crocodilo de frente? O crocodilo é o seu próprio passado. No momento, só consigo olhar para o crocodilo com o canto dos olhos.

— Mas *achar* não é o mesmo que ter certeza — diz.

Catherine se esforça para subir num montinho de areia. Usa um short de algodão amarelo e um moletom também amarelo. Os músculos posteriores de suas pernas estão salientes. Imagino que de frente seu queixo esteja ondulando. Tornando-se duplo.

Uma gaivota grasna. Catherine se vira de repente e a observa.

— Eu gostaria de ser uma ave marinha — diz ela.

Ficamos olhando.

— Todo mundo quer ser livre — continua. — Mas alguns pássaros não voam, como o avestruz ou o emu da Austrália. Alguns pássaros são tão terrestres quanto nós.

Em casa, sentamos em duas cadeiras-pavão. Ela está fazendo um tapete com retalhos de tecido colorido, e eu escutando rádio.

"Pátria basca e liberdade[...] eles estão ficando com fome e logo vão descer dos acampamentos nas colinas [...] é uma tarefa quase impossível acabar totalmente com os terroristas [...] a violência explodiu de novo [...] nenhuma explicação convincente para nada disso [...] muitas pessoas estão perplexas [...] acostumaram-se a fazer as coisas do seu jeito."

— Você gosta de fazer as coisas do seu jeito, é por isso — diz ela.

Então, de repente, Catherine está sentada lá, parecendo uma cabeça maia sorridente.

— O que foi, qual a graça, qual foi a piada? — pergunto, baixando um pouco o volume do rádio.

— Eu estava pensando numa mulher. Tinha uma mulher no nosso bairro, uma louca de pedra. Ela roubava dentes-de-leão dos quintais de todos os vizinhos para preparar seu próprio vinho.

— Dentes-de-leão são de graça.

— Ela estava sempre chapada. Sempre foi doida.

— Todo mundo tem algum vizinho assim.

— Você deveria ter ouvido a maneira como as pessoas falavam dela.

Mas, Catherine, não há nada a temer, não estamos mais numa vizinhança, não há nada a temer, portanto:

Lá vai a dona Catherine de novo atrás do seu Ernest.

O quê?

Lá vai a dona Catherine de novo tentar matar o marido.

O que ela carrega desta vez?

Um atiçador de brasa numa das mãos e um cabo de vassoura na outra.

Ele está correndo?

Sim, está. Que homem não correria? Louca como ela é.

Se quiser saber minha opinião, ele é um louco por aturá-la por tanto tempo. Se fosse comigo, eu não ficaria com ela. Eu a trancaria e jogaria a chave num rio.

Não, você não faria isso. Não se a amasse.

Se quiser saber minha opinião, tem amor que é coisa do tinhoso.

Você sabe por que eu nunca pediria a sua opinião? Porque, se ele desistisse e a abandonasse, você seria a primeira pessoa a falar que o seu Ernest era um homem perverso. Ele não seria apenas o demônio; ele seria toda a legião de demônios.

E o que acha daquela mulher que foi morar com eles?

Ainda não tenho opinião a respeito. Mas ela engana bem a idade.

O que ela faz?

Acho que é escritora.

Acho que precisam se livrar dela. Tem muitos cozinheiros naquela cozinha.

Naquele quarto, você quer dizer.

Não seja diabólica.

Mesmo assim, não sei o que pensar de um homem que se submete a uma situação dessas.

Eu entendo de música, não de pessoas.

Eu entendo de pessoas, não de idiotas.

Sossega.

Sim. Lá está aquela mulher embruxada. Melhor aumentar a fenda da saia dela.

Eu não entendo de música agitada. É melhor ela baixar o volume.

"[...] misturadas com a perversa linhagem africana."

— O quê? — Catherine olha para cima.

— Estão falando sobre abelhas assassinas — digo.

— Mude a estação.

Eu mudo, tentando encontrar música, mas na realidade só há mais notícias ou mais entrevistas.

"Na verdade, eu não acompanho muito o que está acontecendo no mundo da arte. É com meus próprios monstros que me preocupo."

— Deixe aí — diz Catherine, os olhos de repente brilhantes e atentos.

— É a Gillette, né? — pergunto.

— Fique quieta.

Nós ouvimos. O entrevistador lhe perguntou alguma coisa que não ouvimos.

"Hum, sim", responde ela.

"Você ficou distante por muito tempo. Todo mundo deveria ver sua exposição; é um 'grande voo'. O nome dela é *Voo*, gente, e é grande."

— Ela não está aqui?

— Não, essa rádio é uma daquelas internacionais, faz transmissões de Nova York, Monte Carlo, Paris. Ela pode estar em qualquer lugar. Mas acho que essa estação é de Nova York.

"Soube que você começou a pintar com materiais incomuns. Conte-nos sobre isso."

"Hum, devem ter contado a você que pintei aquelas telas com, hum, cogumelos selvagens porque eu, hum, porque eu gosto da textura."

Posso imaginá-la colocando o cabelo claro atrás da orelha. Olho para cima e vejo Catherine colocando o cabelo atrás da orelha, embora seja muito curto para isso. Parece que ela se aproximou do rádio, mas na verdade nem se mexeu.

"Quando uso materiais diferentes no lugar de pincéis, sinto que estou num novo território, explorando um novo território. Mas parei de usar os cogumelos porque, hum, é difícil falar sobre isso, mas tenho que contar às pessoas o porquê. Olha só, um dia eu, hm, tinha uma cesta de cogumelos selvagens num banquinho no ateliê, e Tatum, a minha filha, entrou e comeu. Não sei por que ela fez isso, porque já tinha me visto pintando com eles antes e eu tinha explicado pra ela. Mas tive que sair por um momento, e, quando voltei lá, ela estava, hum, comendo os cogumelos como uma... os cogumelos eram venenosos, sabe... Eu tinha explicado isso pra ela... E lá estávamos nós, morando naquele lugar só com um telefone, naquela cidadezinha no México. Eu tinha ido lá pra tentar retomar o trabalho, o trabalho de verdade, sabe? Aquele lugar só tinha um telefone, e corri com ela o caminho todo... Se ela não tivesse comido a cesta inteira... Eu me senti uma verdadeira filha da puta."

"Não havia nada que você pudesse fazer. As pessoas entendem."

"Ela já tinha me visto pintando com os cogumelos antes, e expliquei que eram do tipo que não se podia comer."

"Deve ter sido devastador."

"Foi."

"Mas, como eu estava dizendo, com certeza o mundo da arte está feliz por você ter ressurgido com sua imaginação fantástica... Esta é realmente uma exposição sexy, pessoal, se me permitem, erótica, até... Um Dalí com *tempero*. Você é selvagem, e digo isso da maneira mais bacana possível... Vocês deveriam vê-la, pessoal, aquela mesma beleza de que nos lembramos."

"Obrigada."

"Por que você estava no México?"

Ela dispara:

"Já disse: pra poder fazer meu trabalho. Eu também queria ficar lá porque estava estudando arte asteca. Sabe, gosto de misturar efeitos não ocidentais em meu trabalho. Gosto de, hum, digamos assim, ficar perto do trabalho de artistas primitivos."

"Você usa algumas cores realmente selvagens, uau. Consigo ver a influência. Com você em cena novamente... Bem, podemos dizer que a arte moderna terá algumas surpresas..."

Catherine resmunga e se encolhe na cadeira-pavão. O tapete, parecendo um casaco de várias cores, se ergue de seu colo.

— Pobre menininha — digo.

Ela olha para mim; demonstra surpresa e raiva.

— Foi *ela*.

— Do que está falando?

— *Ela* a matou.

Catherine se inclina para a frente e coloca o tapete inacabado nos ombros.

— Catherine, não posso acreditar nisso — digo.

— Não foi um acidente. Ela deixou os cogumelos lá pra Tatum pegar, porque sabia que Tatum ia ver e não ia conseguir ficar longe deles.

Faço que não com a cabeça.

— Não posso acreditar nisso.

Catherine suspira.

— Ninguém vai acreditar em mim também. Eu poderia contar pra porra do mundo inteiro, e não acreditariam em mim.

Esfrego a testa.

"É uma exposição maravilhosa", diz o entrevistador.

— Não acredito nisso — volto a dizer.

"Ah, obrigada."

"E ela ainda é a mesma beldade, pessoal."

Gillette ri.

— Ela sabe que eu sei — resmunga Catherine —, mas também sabe que não tenho como provar. Ninguém acreditaria em mim. Ninguém acreditaria em mim falando isso *dela*.

Continuo esfregando a testa.

— Você nunca gostou dela — diz Catherine. — E nem você consegue acreditar em mim falando isso dela.

Minha mão vai da testa para a nuca.

"Você é mágica. Gillette Viking, senhoras e senhores. Se vocês tiverem oportunidade, confiram a exposição de Gillette Viking. Bem, foi uma honra falar com você depois de todos esses anos. Acho que você é a mais poderosa, a melhor da sua geração. Você sabe que nós da sua geração sempre esperamos muito de você e estamos orgulhosos de que não tenha nos decepcionado."

Catherine se encolhe ainda mais na cadeira: se pudesse desaparecer, ela o faria.

"Ah, obrigada", responde Gillette.

Catherine puxa para cima as pontas enroladas de seu cabelo, alongando-as, como se um gênio da lâmpada a possuísse.

43

— Quando pequena, eu não sabia como era feito. Ficava intrigada com isso.

— Com o quê? — perguntou Ensinanco.

Acariciei a fronteira do seu umbigo, a meia-noite superior e o amanhecer inferior.

— Como uma mulher se abre para um homem, para que ele possa penetrá-la, para que o homem possa entrar. Ou seja, como eles fazem amor. Não conseguia entender a geografia. Não conseguia imaginar como isso era feito fisicamente.

— A mulher nunca se abre para um homem; o homem a força a se abrir — disse ele, saindo do território físico novamente.

— Não acredito nisso — eu disse.

— Mas é verdade. A mulher nunca se abre espiritualmente para o homem entrar. Com certeza, mulher nenhuma jamais se abriu, jamais abriu seu espírito para mim. No começo, pensei que você o faria. Mas agora está indo embora e voltando pro pessoal dos States.

— Pessoal dos States, haha. Nunca ouvi ninguém nos chamar assim antes.

Agora estou voltando para Catherine e Ernest, o pessoal dos States.

— Algum homem já abriu seu espírito e entrou, realmente entrou e misturou o espírito dele com o seu?

Não respondi. Mas ele abriu meu corpo, pelo menos, e está dançando lá dentro.

— Eu poderia simplesmente continuar segurando você — disse ele.
— E o homem? O homem se abre para uma mulher?
— Essa não é a natureza do homem.
— Você tá brincando.
Fiz cócegas em seu umbigo.

44

Mas Ensinanco é místico demais. Não quero contar histórias de castigos celestiais, de poderes de cura abandonados nem de Jonas modernos vagando pelo mundo. Quero falar de pessoas comuns, como você e eu.

Eis então aquela fase madagascarense. Eis então Vinandratsy e sua irmã de espírito livre, Miandra.
Sentei na comprida varanda de sua fazenda de gado, num sofá de vime. Ele tinha me dado um leque de ráfia, e, com ele, eu afastava as moscas.
— Você é bem quieta para uma mulher estadunidense — disse ele.
Eu ri porque já tinha ouvido essa piada antes.
— Você achava que éramos todas feitas de conversa mole?

Sua irmã, Miandra, que morava com ele, não gostou de mim à primeira vista.
— Não é você que ela vê — ele explicou. — São todas as mulheres estadunidenses.
— Todas elas?
— Ela acha que todas as mulheres estadunidenses são libertinas!

45

Eu estava na banca de flores admirando as orquídeas. De repente, senti o cheiro de algo parecido com sabão para sela de couro e, ao me virar, dei de cara com os mais belos olhos castanhos. Eu havia perguntado em francês à vendedora de flores por que uma orquídea era mais cara que a outra, mas meu francês era muito formal, aprendido nos livros, com um sotaque estadunidense muito forte, e ela não conseguiu entender. O homem começou a explicar. Não me lembro dos nomes das duas orquídeas, embora ele nomeasse cada uma delas individualmente, dando seus nomes madagascarenses, franceses e ingleses. Vou ter que chamá-las somente de "essa moça" e "aquela moça".

— Essa moça, embora seja mais bonita que aquela, é mais barata porque é mais fácil de encontrar. Ela cresce em todo lugar. Já aquela moça, só a encontramos nas montanhas, e é difícil escalar para chegar até ela, então é muito preciosa e cara. Essa moça pode crescer em qualquer lugar, mas sempre surpreende, nunca se sabe exatamente onde vai brotar; então o preço dela nunca permanece o mesmo. Quando está abundante, é barata; quando fica nesse esconde-esconde, é mais cara. E essa moça cresce apenas no topo da montanha mais íngreme. É trabalhoso subir até lá, e nunca se sabe se vamos encontrá-la. É possível dedicar semanas à sua busca, colhendo flores menores, e aí, de repente, quando menos se espera, quando nem se está mais procurando, você se vira e eis a beleza! É uma beleza... porém não uma beleza deslumbrante, é mais uma beleza que algumas pessoas podem ignorar, mas somente até saberem como foi difícil obtê-la.

Alguém que acredita que qualquer beleza no mundo é difícil de encontrar dificilmente poderia dizer não quando tal beleza me convidou para tomar um drinque com ele no bar do hotel.

— Você é vendedor de orquídeas? — perguntei depois que nos acomodamos. — Você as conhece tão bem.

— Não, sou criador de gado.

Sabão para sela de couro. Misturado com cheiro de brilhantina. O cabelo dele cintilava.

— Eu deveria ter pensado nisso — disse ele, e se levantou de repente. Quando voltou, trazia a orquídea mais difícil de encontrar.

Ele me adoça, me recheia de deleite e me engole inteira.

— Como se tornou criador de gado?

— Minha família sempre foi criadora de gado. Bem, nem sempre. Minha irmã vai te contar sobre quando éramos príncipes e princesas. — Ele sorriu, depois enrugou a testa. — Eu... acho que prefiro ser um descobridor de orquídeas.

— Acho que também prefiro ser isso.

— O que você faz? — perguntou.

Essa pergunta sempre me fez dar um salto mortal e tentar cair de pé. Nunca respondia com a mesma facilidade de certos "escritores". Não era mais dona de casa. Certa vez disse a um sujeito que era "especialista em limbo".

— Sou especialista em limbo.

— Somos todos especialistas em limbo. O que mais você faz?

— Sou jornalista *freelancer*. Fui contratada para escrever um artigo sobre a flora de Madagascar para uma revista de jardinagem. Mas acho que já percebeu que não sei quase nada sobre a Flora, ou sobre a irmã dela, e a grande fraude que sou.

O resto é bobagem, acho, quando você lê no papel. Tipo o sujeito dizendo a uma mulher que vai ensinar tudo sobre

Flora e a irmã dela, de A a Z, mas vão começar com a letra C. Por que C?, ela pergunta. C de casa... Vamos pra casa comigo, ele responde. Recheada de conhaque e beleza, ela diz que vai, e aí, depois que ele termina seus negócios na cidade, ela faz as malas e o segue até seu rancho. O jipe cheirando a sabão para sela de couro e brilhantina, aroma que começou a parecer confortável e amoroso.

— Mas que bela montanha. Sempre amei montanhas. Já vi todos os tipos, mas nunca estive numa.

— Bem, temos que fazer algo a respeito. Essa daí tem uma história que pode te interessar. É uma espécie de montanha mística. No século XVII, creio eu, pessoas escravizadas em fuga e piratas se escondiam nela.

Fiquei pensando o que pessoas escravizadas em fuga e piratas tinham a ver com misticismo, mas não perguntei.

— Qual o nome dela?

— Você vai ter que perguntar a Miandra; é ela quem guarda os nomes das montanhas, não eu.

— Você sabe o nome de todas as orquídeas do mundo e não sabe o nome de uma montanha pequena e antiga.

Ele riu, e me aproximei.

— Então, quem é Miandra?

Se você já viu um gato encurvado, essa é Miandra no momento em que o jipe apareceu. Ela estava sentada na varanda, abanando-se. O leque parou. Ela se levantou e ficou olhando, parada. Se você já viu um gato encurvado e sibilando, já viu Miandra, só que o sibilo dela era imperceptível e vinha da boca mais bonita já vista.

Eu ria dela, mas ainda me sentia desconfortável em sua presença. Ela era como um gato, sem dúvida. Não lutava contra aqueles de quem não gostava. Movia-se ao redor deles com indiferença, mas uma indiferença consciente, se é que você consegue imaginar isso. Olhou para mim como se eu fosse um buraco no espaço. Se Vinandratsy chegasse muito perto, ele cairia dentro. Não era possível para nenhuma mulher estadunidense, até mesmo para uma tão preta quanto ela, ser outra coisa que não um perigo no mundo.

Ela devia ter uns trinta anos, refinada, inteligente e ainda donzela, soube mais tarde. Cabelos pretos e brilhantes. Tinha um namorado que não ia além de fazer carícias em seu pescoço e a observar ronronar. Ele vinha e ficava sentado na sala com ela, segurando o chapéu de palha sobre os joelhos, e a olhava com o canto dos olhos.

— É o noivo dela — explicou Vinandratsy. — Ele a ama, mas ela, não. Ela o tolera, só isso.

— Isso é horrível.

— Mas é a verdade. Os outros, e foram muitos, pararam de vir, se casaram com outras moças, mas esse daí insiste.

Uma vez, eu estava encostada na cerca do curral observando um rebanho de zebu e de gado inglês, e o noivo dela apareceu ao meu lado. Ficamos juntos ali observando, a princípio em silêncio. Parecia que ele estava esperando que eu falasse primeiro, então falei.

— Você também é criador? — perguntei.

— Não, sou exportador.

— De quê?

Ele pareceu um pouco envergonhado, como se não tivesse certeza se eu acharia grande coisa.

— De favas de baunilha.

— Você tem cheiro de baunilha — eu disse prontamente.

Isso pareceu deixá-lo confortável e alegre.

— Você e Vinandratsy estão ficando próximos — disse ele.

— Estamos nos tornando amigos — corrigi.

— Sim.

— Miandra não gosta de mim.

— Não — concordou. — Mas, quanto a mim, acho que Vinandratsy tem direito a uma mulher assim.

Olhei para ele.

— Sabe, Miandra também não gosta de mim. Ah, acho que até gosta, sim, mas ela não muda. Eu a conheço desde que era uma menininha. Você já viu tanta beleza assim no mundo? Uma beleza tamanha que ameaça um homem com prazer?

— Ameaça?

— Ah, o prazer é uma coisa perigosa, não sabia? Não há como escapar de uma mulher assim. Eu insisto, e um dia ela vai ceder. Primeiro a gente luta por uma mulher assim e depois paga por ela.

— Não aguarde muito — eu disse. — Nem pague muito.

Desviei o olhar dele para uma vaca zebu parada ao lado de um touro inglês.

— Mas eu sou um tagarela — continuou. — Vinandratsy diz que eu falo só pra ouvir minhas próprias palavras.

Mas eu mesma nunca o ouvi falar muito. Nunca o ouvi dizer uma palavra sentado ao lado dela, segurando o chapéu de palha e parecendo um grande urso de armadura. Ela lançava olhares indiferentes para ele enquanto se abanava com um leque antigo de ráfia, embora a casa tivesse ar-condicionado.

46

Vinandratsy e eu sentávamos à mesa da cozinha analisando mapas. Miandra estava ao fogão preparando chá de arroz tostado, algo para levarmos na viagem. A ideia é que nos desse energia e fosse mais refrescante que chá comum ou água.

    Vinandratsy começou a me dizer o que eu deveria vestir. Estávamos indo para as montanhas para ver um lugar onde piratas e pessoas escravizadas em fuga se escondiam. Agora, havia rochas estéreis e algumas aldeias dispersas nas montanhas. Mas eu ainda queria ver com meus próprios olhos e incluir uma descrição do local em meu livro. E havia também certa orquídea que crescia apenas naquela região árida.

    — Ela sabe o que vestir — disse Miandra com frieza. — Você não precisa ficar explicando cada coisinha para ela.

    — Querida, a Amanda contou que nunca esteve nas montanhas.

    —Sim, ela esteve. — Miandra se agitou. — Há montanhas nos Estados Unidos. Há muitas montanhas nos Estados Unidos.

    — Eu nunca estive — eu disse. — Vi muitas montanhas, mas só isso. Nunca estive numa.

    Ela resmungou, mexeu o chá de arroz. Primeiro dourou o arroz e depois coou.

    — Tá vendo? — disse Vinandratsy.

    Ela resmungou novamente.

— Bem, espero que não se percam. Vinandratsy não tem senso de direção. Espero que ele não te leve por todas as malditas montanhas antes que você encontre o lugar que deseja.

Despejou o chá de arroz em garrafas térmicas e preparou sanduíches de carne.

Quando estávamos prontos para ir, Vinandratsy beijou a bochecha de Miandra.

Cumprimentei-a com um aceno de cabeça. Ela olhou para mim por um momento e então disse:

— Era chamada de montanha sagrada, mas ela não é mais sagrada.

— Algumas pessoas que vivem lá ainda acreditam que é — disse Vinandratsy.

— O que elas acreditam não importa mais. Não no mundo de hoje.

Vinandratsy pôs a mochila no ombro. Miandra estava parada na porta, acenando para nós, a testa pintada de sol.

Um instante depois, ela corria atrás de nós segurando um pequeno frasco.

— Aqui, você esqueceu isto — disse a Vinandratsy. — Você não quer que os mosquitos anófeles comam a garota viva.

Entregou-lhe o frasco.

— Bem, ela parece ter estado em muitas montanhas para mim, mas mostre a ela como usar esta mistura, Viny. Só um pouco rende bastante. Tenho certeza de que são só os mosquitos que ela quer espantar.

Com uma fala assim dá até vontade de bater continência, mas é lógico que ninguém ousaria.

47

— Você ainda acredita que é sagrada? — perguntei, enquanto deitávamos em sacos de dormir apoiados num penhasco de rocha cinza. As estrelas estavam tão brilhantes e próximas no céu negro que pareciam ter sido pintadas.

— Sim — respondeu ele. — Ainda acredito que é sagrada.

Ele abriu o zíper de seu saco de dormir e entrou no meu. Passou o repelente de insetos em minha testa e atrás das minhas orelhas. Depois fez o mesmo nele.

— Não tem cheiro — comentei.

— Pra nós, não, mas, se você fosse um mosquito, buscaria outra montanha.

Fizemos amor, e em seguida caí no sono e sonhei. Estávamos na mesma montanha, mas eu era outra pessoa e ele também: e ele era uma totalidade, tão escuro embaixo quanto em cima. Nós dois usávamos camisa e calça, e, embora eu não tivesse visão de raio X como a do Super-Homem, sabia que ele estava inteiro, que havia se curado.

Ficamos os dois de vigia. Eu ainda era mulher, mesmo usando calça. As mulheres escravizadas que fugiam eram também guerreiras. Tivemos uma conversa estranha, do tipo que ocorre em sonhos e no mundo real chamamos de loucura.

— Você vai estar aqui? — perguntou ele.

— Sim. Vou abrir minhas asas e te esperar.

Mas ele ficou parado ao meu lado, e observamos uma serra de árvores-do-viajante.

— Não se encha de tanto orgulho — ele disse —, porque, em terra de mulheres cegas, aquela que tem um olho somente parece ver.

— E quanto a vocês, rapazes? Não estou aqui pra te humilhar, você sabe, mas, quando estamos no acampamento, parece que tudo que vocês fazem são pequenas coisas pra me humilhar na frente dos outros. Vocês nem sequer perguntam a nós, mulheres, se aprovamos o plano?

— Vocês aprovam o plano?

— Sim, mas vocês sempre fazem o que acham melhor. Fazem o que querem e se divertem à custa de nós, mulheres.

— A guerra não é diversão, e é sempre um fardo do homem. Não me atormente com esse grão de areia quando temos uma montanha para lutar. Se nos capturarem, é a nossa vida que está jogo. O que acontece com vocês, mulheres? São tratadas como flores em comparação a nós!

— Flores esmagadas com o calcanhar. Vão nos humilhar também. Passaremos de uma humilhação para outra.

— Que humilhação?

— Ah, por que você simplesmente não me embrulha num monte de palha e me despacha?

— Eu te amo.

— Bem, a gente protegeu um ao outro na última expedição. Mas o que estou dizendo é para não se alegrar depois que passar pelas costas do diabo, porque pode acabar debaixo da barriga dele.

— Não vamos discutir. Vamos só tomar cuidado com *eles*... Você não sabe quão bem penso de você? Provavelmente penso melhor de você do que você mesma pensa de si.

Sinto que estou sendo erguida. Alguém está me levantando no ar.

Acordo antes de saber se estou sendo erguida para fazer amor ou para ser embrulhada num monte de palha.

— Para onde você vai depois? — ele está perguntando.

Sentamos com as costas apoiadas nas rochas. É bem cedo, e bebemos chá de arroz e comemos sanduíches de carne. Ele está comendo sanduíches de carne. Parei de comer quando descobri que era cupim, a corcova do touro.

Ficamos sentados formando ângulos retos um do outro.

— Existe algum plano para as suas viagens? Algum esquema?

— Não. Prefiro deixar as coisas em aberto. Mas, provavelmente, primeiro voltarei aos Estados Unidos. Levarei três ou quatro meses para escrever este livro de viagem a partir de minhas anotações e fotos.

— Você é o tipo de mulher que gosta de comandar seu próprio barco, como Miandra.

Tenho vontade de dizer que é difícil que eu seja como Miandra, difícil que eu seja tão perversa ou egocêntrica; talvez possa ser perseverante, mas persevero no que espero que sejam coisas melhores. E eu jamais manteria no cabresto, por vinte anos, um sujeito que aguarda algum prazer perigoso que nem mesmo eu poderia imaginar.

Não digo nada disso, obviamente, da princesa.

— Mas você está desiludida — ele diz.

— O quê?

— Foi o que li em seus olhos, algum tipo de desilusão.

O que ele vê não é desilusão, mas o que Richard Wright chama de "a defesa da indiferença". Talvez eu seja tão perversa e egocêntrica quanto Miandra. Estou no mundo, apenas, sim. Mas ainda falo sobre o que Paz chamaria de "o outro" por trás dos escudos. E estou sempre trabalhando em meu livro.

Uso minhas anotações e fotos como um escudo.

— Alguém deve ter te machucado muito.

— Não.

— Me conte sua história.

— Não tenho história para contar.

— Todo mundo tem uma história.

Desvio o olhar para longe dele e depois encaro a serra de árvores-do-viajante.

Ninguém escreveu sobre nossa pequena aldeia antes, me disse certa vez esse homem. Os peregrinos a usavam apenas como local de passagem, para chegar aonde realmente queriam ir. Nem mesmo os peregrinos vêm mais aqui. Então escrevi sobre sua pequena aldeia, para tentar trazê-los de volta.

— Ou é desilusão, ou é amargura — ele diz. — E as mulheres suportam muito mal ambas.

Sorrio para ele, meio vaga, esticando apenas um canto do lábio. Por dentro, eu sou a Catherine que encolhe. Por dentro, sou uma mulher usando um colar de dentes.

— Achei que fossem a mesma coisa, de todo modo — respondo.

48

— Não, nessas cadeiras, não — diz a anfitriã. — Não são para sentar. São apenas para olhar.

Fico de pé, comendo queijo num pratinho de porcelana.

— Você parece a Nefertiti — diz a mulher, aproximando-se de mim. — Meu marido também achou.

Ela se afasta, afugenta outras pessoas:

— Ah, nessas cadeiras, não, queridos; são apenas para olhar.

Lantis vem até mim.

— Tudo bem?

— Não sei por que estou aqui.

— Você é o marido? — pergunta a anfitriã. — Vou pegar uma bebida para você.

— Não precisa, obrigado.

— Ah, você é abstêmio, que ótimo. — Ela olha ao redor. — Não, nessas, não, queridos. São apenas para olhar. — Volta para nós. — Sua esposa, sua esposa, ela é como um fantasma. Ela leu lindamente, mas não conseguimos fazê-la falar. Aposto que com você ela fala sem parar, você não consegue fazê-la se calar, hahaha.... Não, queridos, nessas, não, são apenas para olhar... Ela não gosta de nós. Nós a achamos linda, mas ela não gosta nem um pouco de nós.

Lantis se afasta e volta trazendo meu casaco.

— Vamos. — Ele me leva até a porta. Lá fora está ventando. Abotoa meu casaco.

— Devemos voltar e ser educados — digo.

— Por quê? De todo jeito, isso vai continuar deixando-os com dúvidas a seu respeito — diz ele. — Vai continuar deixando-os um pouco assustados, deixando-a um pouco misteriosa. Ou isso, ou então vão achar que você é uma vadia metida e arrogante. Seja como for, não vão convidá-la novamente.

Franzi a testa. O vento me empurra de encontro a ele.

— Enfim, eles que vão para o inferno, certo? — diz ele, e pega meu braço.

— Certo — murmuro.

Abre a porta do carro para mim, e eu entro.

49

Um homem conversa comigo. Está em pé mandando gim para dentro. Feição de pássaro. Queixo comprido. O cabelo tão branco quanto o de Hemingway aos cinquenta anos.

— Você é professor? — pergunto.

— Não, não faço nada aqui; só gosto de frequentar as festas.

Mergulha um biscoito salgado no queijo derretido e se oferece para dar na minha boca. Faço que não com a cabeça.

— Você foi bem boa.

— Obrigada.

— Na realidade, leciono sobre Chaucer. Seu diálogo picante me lembra um pouco o dele.

Uma mulher passa por ele, aperta seu braço.

— Lafcadio, seu diabinho, você nunca se compromete com nada. Ainda estamos aqui esperando sua opinião.

— Agora estou me comprometendo com este copo de gim e com o formato da bunda daquela mulher.

— Qual delas?

— Aquela — aponta.

— Ah, você não presta; é um sem-vergonha. — Ela ri e se afasta.

Ele se vira para mim.

— Sorria.

Eu sorrio.

— Sério, mostre os dentes.

Eu mostro, como se fosse uma abóbora de Halloween.

— Sabia que, no folclore medieval, ser banguela é sinal de que a mulher é devassa?
— Eu não sou banguela.
— Bem... ah, não, é só um pedaço de uva-passa.
Ele o retira com o dedo e enfia na própria boca.
Eu o encaro, incrédula.
— Aumenta essa música, Harriet. Isso é inspiração latina. Você dança rumba?
— Não.
— Não?
Ele levanta minha mão.
— Você é casada. Seu marido está aqui?
— Não.
— Você também é maravilhosamente monossilábica, né? Como o velho bardo. *Acordada sem demora*. Acorda, Mulher! *Pois sim?*
Mordo outro pedaço de bolo de passas.
— Com licença, vou até lá dar uma olhadinha mais de perto naquela bela bunda. Ela conversa comigo, se a mulher não falar.

50

— Isto é uma merda — disse ele, colocando as páginas na mesinha de centro.
— Uma merda?
Fiquei parada no canto do escritório, me sentindo tão de lado quanto os móveis.
— É! Você não pode publicar esta merda.
Eu não disse nada.
— É tão ruim assim?
— Eu acho que é.
Desabei como um trapo molhado. Então peguei as folhas impressas e as coloquei na gaveta da escrivaninha. Sentei na cadeira dura olhando para a parede, mas não para ele, embora soubesse que seus olhos estavam em mim.
— E aí, em que está pensando? — perguntou.
Eu não disse nada por um momento, e em seguida tudo começou a desbocar, como se uma represa tivesse rebentado.
— Estou pensando nas escritoras que conheço que vivem com homens que acham que o trabalho delas é uma merda, ou algo próximo a uma merda. Posso listar umas cinco. Mas não posso listar nenhum, nenhum, dos escritores homens que conheço que vivem com mulheres que acham que o trabalho deles é menos do que fantástico.
— Elas são melhores mentirosas.
— Não é verdade. Não é verdade — refutei; então continuei: — Eles não tolerariam isso. Eles não tolerariam. Por que acha que nós, mulheres, toleramos isso?

Ele ficou em silêncio. Olhei para ver sua sombra e ter certeza de que ele ainda estava lá. Sua sombra levantou os braços sobre a cabeça e bocejou. Um braço desceu primeiro, o outro parecia estar fazendo uma reverência, depois desabou no joelho e o coçou.

— Estou te entediando? — perguntei.

— Qual é, Manda-Panda, o que tá acontecendo?

— Talvez todo o nosso trabalho, o das mulheres, *seja* uma merda, vamos supor, mas tenho certeza de que nós seis poderíamos encontrar pelo menos um homem que considere nossa merda chocolate.

— Tenho certeza de que poderiam — respondeu.

— Vamos supor que eu pense que você é um péssimo professor de biologia.

— Mas eu não sou; sou um dos melhores.

— Vamos supor que eu pense que você é o pior.

— Mas você não pensa assim.

— Lógico que não. Te acho ótimo. Mas vamos supor que não. O que você faria?

— Dava um pé na sua bunda.

— Você tá brincando, mas é exatamente o que faria. Daria um pé na minha bunda. Corrigindo: na minha *bunda gorda*.

— Fala sério, Manda-Panda... — Sua sombra balançou a cabeça e movimentou-se no sofá.

— Eu estou falando sério. E não me chame de Manda-Panda, a não ser em momentos afetuosos. Desculpe o mau jeito.

— Amanda, é sério, vou sentir vergonha por você se publicar isto. Não sei como seu editor....

— Você vai sentir vergonha por você, você quer dizer. Por você.

— Sim, acho que por mim. Por nós dois. Mas você não sentiria vergonha por nós dois se assistisse a uma das minhas aulas e eu não estivesse à altura do cargo egrégio que ocupo?

Eu quis rir da maneira antiquada que ele usou para dizer aquilo, mas sentei mantendo os olhos grudados em sua sombra. Ele alisou o cabelo grosso com a mão grande. Bocejou novamente.

— Ficaríamos envergonhados por nós mesmos e um pelo outro, porque sabemos que somos capazes de fazer melhor — ele disse.

A sombra se ergueu e envergou-se (comecei a escrever "envergonhou-se") sobre meus ombros.

— Aqui está minha adorável mulher — disse, pronto para me chamar de Manda-Panda de novo, pronto para me beijar.

— É, você daria um pé na minha bunda — protestei —, mas aposto que a foderia muito antes disso!

Me desenrolei para fora de seu abraço.

— Pare com essa bobagem — ele exigiu. — Apenas pare, Mulher. Vamos pra cama.

Minhas amigas feministas ficariam decepcionadas com a resolução dessa cena, mas parei com a "bobagem" e fui para a cama, pronta para beijos em meu próprio eu.

51

Certa vez Catherine me enviou um cartão-postal com a foto de uma mulher com a cara pintada de branco usando um chapéu de curinga — uma palhaça sentimental. Você já as viu. Ela rabiscou "Autorretrato". Ela mesma desenhou o chapéu do curinga, ou o pintou na mulher.

52

Teve aquela vez em que eu estava num restaurante em Nova York — o Horn & Hardart, acredito — e havia um homem e uma mulher na mesa atrás de mim. Não compreendia o contexto da conversa, só que de repente ouvi o homem dizer: "Sua palhaça". Esperei pela resposta da mulher. A voz, quando saiu, era muito suave, como se ainda tivesse dentes de leite: "Eu não sou o que você pensa que eu sou", disse ela.

Ele sugou o chá, riu dela e garantiu que, sim, era uma palhaça.

Ela retomou com a única defesa que parecia ter: "Não sugue seu chá. Não se deve sugar chá; você deveria bebê-lo saboreando. É falta de educação ficar sugando assim. Nunca te ensinaram isso?".

53

— Como será que foi, para aquelas pessoas, estar aqui em cima? — pergunto.

— Você está falando de quem, dos escravizados ou dos piratas?

— Das mulheres que fugiam. Havia mulheres piratas também? Acho que sim, né?

Ele olha para mim como se as perguntas fossem muito estranhas para serem respondidas. Não consigo ver seu rosto no escuro, mas imagino sua expressão. Ele se vira no saco de dormir e adormece.

Fico pensando se o lugar é assombrado pelos fantasmas das mulheres, tanto fugitivas quanto piratas, embora eu não seja mística; tudo o que vejo é a tapeçaria de estrelas e as sombras dos rochedos gigantes. Me alongo contra as costas dele e envolvo sua barriga com o braço. Sinto o cheiro da fumaça do mosquete de um francês. Capitão do mato? Pirata? No penhasco ao lado tem uma fileira de árvores-do-viajante.

— Não existe paraíso para uma mulher — murmura ele.

Não existe paraíso para uma mulher, mas também não existe paraíso para um homem.

— Por que eles as chamam de árvores-do-viajante?

Ele está calado. Devo criar minha própria resposta. Mas todas as árvores não são árvores de viajantes? Lugares para buscar descanso, os únicos lugares onde qualquer viajante é bem-vindo?

Estende a mão para trás, me puxa para perto dele. Beijo sua nuca. Ele se vira para mim, e fazemos amor de novo.
— Consigo ouvir as engrenagens girando dentro de você.
— O quê?
— Consigo ouvir as engrenagens girando dentro de você.
— Esse é seu jeito de dizer que sou a mulher mecânica?
— A original.

Mas é um sonho, e o que sou, na verdade, é areia correndo por entre os dedos. Na verdade, sou areia. Na verdade, sou relógio de sol e flor de magnólia.

54

No fundo do restaurante, degustamos um jantar chinês.
Camarão, arroz frito, porco agridoce e ervilha-torta.
— Amanhã vou para Madagascar, para trabalhar num livro de viagens — eu disse.
— Ahn?
— Já tenho a passagem.
— Por que está me contando isso só agora?
Comi um pedaço de porco agridoce.
— Eu não ia te contar nada.
— Isso teria sido muito ruim — disse ele, seus olhos estreitos e frios. Então arqueou a sobrancelha. — Mas por que não ia me contar?
Olhei os pelos grisalhos de seu bigode. Ele penteou o cabelo para trás com as mãos. Sua testa era um sino marrom.
— Porque decidi que não vou voltar.
Ele largou o garfo.
— Por causa do que eu disse sobre seu livro?
Olhei para as ervilhas e o arroz frito em seu prato.
— Isso é ridículo. É infantil. Uma bobagem. Por que quer dificultar as coisas pra mim?
— Não quero dificultar nada pra você.
Ele não disse nada, mas depois:
— Eu não vou te deixar ir.
Eu me levantei e aproximei a cadeira da mesa.
— Como vai passar seu tempo? — ele perguntou. Ele tinha me deixado ir.

— Trabalhando. Trabalhando no meu livro, como eu disse. Talvez você não ache que isso é grande coisa.

Ele suspirou. Esfregou o cabelo para trás.

— E a Panda?

Tenho de dizer que não pensei na Panda.

— Ela vai ficar com você. Não posso levá-la pra cima e pra baixo comigo. Ela é muito novinha.

— Não, você não pode fazer isso. Ela que fique no caminho entre seus amantes.

Sentei, boquiaberta. Eu tinha falado de trabalho e ele falava de amantes. Bem, eu daria amantes para ele! Eu daria trabalho *e* amantes para ele!

Ele endireitou a gravata, se inclinou para mim, o polegar no canto do queixo, os nós dos dedos cavando a mandíbula.

— Você está sendo ridícula, sabe? — disse ele.

Esfreguei o braço.

— É, eu sei.

Fora do restaurante, ele parou atrás de mim, as duas mãos em meus ombros.

— Não posso fingir que gostei do seu livro. Não posso mentir sobre isso. Mas eu te amo, Manda-Panda.

Eu não disse nada. Caminhamos de mãos dadas.

— O que vai dizer pra Panda? — perguntou.

— Não vou dizer nada pra ela.

Ele soltou minha mão.

— Que tipo de bruxa é você?

Mas eu não tinha nenhuma frase espirituosa a dizer, nenhuma.

55

— Quer ir até a cidade comigo? Vou fazer compras — disse Miandra.

Eu estava sentada num canto da sala de jantar fazendo anotações de viagem, aproveitando a luz da janela. Essa foi a primeira vez que ela falou de maneira civilizada comigo. Gwendolyn Brooks tem uma expressão: "civilizar o espaço". Pela primeira vez, ela tentou "civilizar o espaço" à nossa volta.

— Sim, quero — respondi, surpresa e desconcertada com sua simpatia. Apoiei o caderno no parapeito da janela.

— Isso é um diário também? — perguntou ela.

— Não.

— Eu ia dizer que, se tiver coisas pessoais aí, é melhor você esconder. A garota é muito intrometida.

Eles tinham uma empregada que era de uma das aldeias da montanha. Ela usava o cabelo no que parecia ser o tipo de nó que vemos nas árvores. "Por que você usa o cabelo desse jeito antigo?", perguntou Miandra certa vez. O nome dela era Vahila. Isso é tudo que eu sabia.

— Vinandratsy vai com a gente? — perguntei, enquanto me levantava.

— Não. — Ela franziu a testa. — Seremos só nós, só você e eu. Você se importa de sermos só nós duas?

— Não, lógico que não — respondi.

Eu ainda estava em pé ao lado da cadeira, como se estivesse crescendo do chão.

— Às vezes eu vou no lombo de uma mula, mas aposto que você nunca montou uma, acertei? — perguntou.

— Não.

— Então vamos de jipe.

Ela calçou luvas brancas finas nas mãos esguias e escuras. As luvas eram tão finas que dava para ver a pele dela através do tecido, especialmente a pigmentação mais escura dos nós dos dedos. Pegou a bolsa na mesa da sala de jantar. Era daquelas de couro marroquino sem alças nem tiras, mas com um orifício retangular na parte superior por onde se enfia a mão para carregá-la. Fui para o quarto e peguei minha bolsa a tiracolo.

— Tá pronta? — perguntou, quando voltei do quarto.

Estava parada olhando pela janela e se virou quando ouviu meus passos. Fiquei me perguntando por um momento se ela estava olhando o meu caderno, se era dela mesma que desconfiava e se suspeitava que eu escrevesse coisas sobre ela, mas suas mãos seguravam a bolsa.

— Sim — respondi.

Lá fora, fiquei na varanda e esperei que ela trouxesse o jipe até a frente da casa, então desci correndo os degraus e entrei no carro.

— Nunca aprendi a dirigir — eu disse, para puxar conversa.

Pegamos uma estrada estreita, cercada por uma floresta de árvores-do-viajante.

— Isso deve dificultar a vida — comentou. — Não sei o que faria se não dirigisse. Como consegue?

— Em geral, conheço alguém que dirige.

— Aposto que sim. Quero dizer, é preciso fazer isso, né?

Ela tocou o queixo por um tempo. Passamos por um campo de arroz. Vi várias mulheres curvadas usando chapéus de palha. Peneirar, cortar, debulhar, colher? O que se faz com o arroz?

— Você estava certa — eu disse. — Aquele chá de arroz que preparou para nós é muito refrescante.

— Na verdade, ele se chama água de arroz. Eu só digo chá porque vocês, ingleses, dizem chá.

— Eu não sou inglesa; sou estadunidense.

— Eu sei. Não sei por que disse ingleses. Ah, sim, eu sei. A última amiga de Vinandratsy era inglesa.

Eu não disse nada, mas uma borboleta se moveu dentro da minha barriga e começou a bater asas.

— Vinandratsy disse que você não comeu os sanduíches de zebu que preparei.

— Eu ia comer, mas aí ele comentou que era feito da corcova do zebu. Pra quem viaja tanto quanto eu, não sou tão boa com cozinha internacional. Sempre amarelo.

— Amarelo?

— Quero dizer, perco a coragem.

— A corcova é a melhor parte. Espero que não pense que preparei restos de carne para você. Antigamente, a corcova de zebu era comida real. Apenas reis e rainhas tinham permissão para comer, mas agora quase todo mundo come.

— Ah, entendo.

— Mas você deveria ser mais aventureira com a comida — aconselhou. — Acho que nunca se conhece de fato um país até explorar sua culinária. Lógico que é mais fácil falar do que fazer. Aposto que nunca comeu gafanhotos, né?

— Não. Nem pretendo.

Ela riu.

— Você acha que não comeu. Você tomou aquela sopa ontem à noite e disse que estava deliciosa.

A borboleta se transformou em lagarta.

— Tinha gosto de alho — eu disse com naturalidade. — Achei que fosse sopa de tartaruga ou algo parecido.

— Eu sei que você achou. Vinandratsy ficava perguntando se você realmente queria. A inglesa também tomou.

A borboleta.

— Vinandratsy acha que fez sua parte perguntando se você realmente queria.

— Piada de família, né?

— E fica cada vez mais engraçada. Você precisa saber mais do que imagina sobre o nosso país. Quer que eu conte o que mais tinha naquela sopa?

— Não.

O olhar que ela me lançou era inescrutável.

Olhei para outro campo de arroz.

— A inglesa também não achou graça. Ela voltou para Manchester.

Observei as árvores.

Ela usava uma longa echarpe de seda vermelha em volta do pescoço que ficava esvoaçando para trás, batendo em meu ombro.

— Mas Vinandratsy e eu não somos pessoas quaisquer, sabe? Temos sangue real correndo nas veias. Um dos ramos da nossa família remonta à rainha Bétia. Ah, mas isso não importa atualmente. Tais coisas não importam mais. Ninguém se preocupa com a realeza hoje em dia.

Eu não disse nada. Sua longa echarpe ficava batendo no meu ombro. Passamos por mais árvores-do-viajante, depois cercas, gados zebu e inglês, campos de arroz. Talvez fosse por isso que ela era tão amarrada à sua alma, eu ia pensando.

Então me perguntei por que havia pensado em "alma"!

— "Arroz é vida", os reis e as rainhas diziam.

A longa echarpe esvoaçava e grudou no meu lábio. Afastei-a com um dedo.

— Vou te dar um livro sobre a rainha Bétia.

— Obrigada.

Flores-do-campo, baunilha.

56

— Quando aqui era um reino — disse, olhando para mim e depois para a estrada —, havia mais encantamento, mas hoje não há encantamento no mundo. Talvez a paixão deva ocupar o lugar do encantamento no mundo moderno, mas às vezes acho que também não existe paixão verdadeira.

Não respondi.

— Talvez seja porque não a descobri ainda — completou.

Sua echarpe bateu em mim.

57

Na volta das compras, Miandra e eu fomos para a sala de jantar. Eu carregava alguns pacotes dela e comecei a colocá-los na mesa de mogno.

— Vem, vamos levar isso pro meu quarto. Você ainda não conhece meu quarto.

Segui-a até lá, um cômodo repleto de luz com uma cama de dossel, cadeiras de brocado, cortinas de renda, lenços de seda na penteadeira. Um quarto de princesa.

Ela acomodou os pacotes que carregava numa cadeira, e eu fiz o mesmo.

— Que encanto. É um lindo quarto — comentei.

— Obrigada. Também gosto dele... Por que não comprou nada?

— Não sou muito de compras.

Ela sorriu para mim.

— Você não comprou nada pra você, por isso eu comprei.

Pegou o pacote menor, abriu e tirou um colar feito de dentes. Apoiou no meu pescoço. Me afastei ligeiramente.

Ela riu.

— São dentes de crocodilo. Algumas pessoas ainda acreditam que são mágicos. Na época da rainha Bétia talvez fossem. — Ela colocou o colar em mim. — Olha só, ficou lindo. Você está muito bonita.

Ela parou próximo ao meu rosto. Sou uma pessoa mesquinha com meu espaço, então recuei um pouco.

— Você parece um pouco nervosa. Não está com medo de mim, né?

Não respondi nada. Ela estendeu a mão e tocou embaixo do meu queixo, endireitando o colar.

— Realmente é bonito. Fica bonito na sua pele.

Ela se afastou e sentou na cama.

— Estou cansada. Vou tirar uma soneca — disse. — Você não está cansada? Por que não se deita comigo? Tem espaço suficiente para duas.

Olhei seus cabelos limpos, negros e lisos sobre o travesseiro de renda.

— Não, não estou cansada — falei.

Sorri levemente. Os olhos dela brilhavam.

— Como quiser — disse, e se espreguiçou.

Abri a porta e saí.

Quando eu estava no meio do corredor, ouvi a porta bater. Pela manhã, ela estava de volta aos seus modos carrancudos. Não havia mais "civilizar o espaço" ao nosso redor. Mas ela passou a servir apenas coisas que eu conhecia.

LIVRO III

DE PEREGRINOS, VADIAS EGOCÊNTRICAS (MULHERES FALCÕES--PEREGRINOS?) E OSSOS DUROS

58

Catherine está dormindo na espreguiçadeira na varanda, recostada, a boca ligeiramente aberta. Ernest se aproxima, toca sua testa e a beija. Ela não acorda, mas as rugas em sua testa se aprofundam.

— Quer dar um passeio? — pergunta ele, virando-se para mim.

— Ela vai ficar bem?

— Vamos dar um passeio.

— Tudo bem. — Aceito, me levanto e deixo meu caderno em cima da mesa.

Ernest me pega pelo braço, atravessamos a sala e descemos a escada até a rua. Olho para o terraço, imaginando Catherine acordada e olhando para nós por cima da grade. Mas ela ainda está dormindo, a luz do sol em seu cabelo, fazendo olhos comuns quase enxergarem a aura amarela.

Lá está ela. A rainha do pedaço.

— Você é osso duro de roer — diz Ernest, ainda segurando meu braço.

— O quê?

— Eu te conheço há anos, e você continua sendo uma estranha pra mim.

Na praia, tira a jaqueta e a estende para eu sentar. Ele me chama de "peregrino". Sento, segurando os joelhos, olhando os banhistas — multinacionais. A maioria não está nadando, mas sentada na água. Um ibicenco de cabelos brancos senta no convés de um barco com uma placa branca escrita "Fretado" à mão. As velas brancas estão enroladas. Ernest se espreguiça, se apoia no cotovelo e olha para mim.

— Acho que não sei mais o que é melhor para Catherine — diz. — Essa gangorra...

— Você vai interná-la de novo?

Ele olha para o mar.

— Que jeito horrível de falar — diz.

Ficamos em silêncio. Observo um homem ajudar uma mulher a subir num barco. Um homem dentro d'água entrega o chapéu e a carteira de palha dela. Ele sobe sem a ajuda de ninguém.

— O que está pensando? — pergunto a Ernest.

— Estou pensando que não sei como passar o resto dos meus dias assim. Todos esses anos bagunçados. Se você não tivesse feito parte deles...

— Mas você a ama. E sabe que, sempre que ela está... no hospital..., ela não trabalha. Você a tira de lá para ela também conseguir trabalhar.

— E ser perigosa.

Sinto sua mão no meu rosto.

— Tá na hora da gente ir — ele diz.

— O quê?

— Você estava dormindo.

— Eu dormi? — Eu me endireito. — Que horas são? — Vejo o sol pousando na água. — Ah, não, por que não me acordou?

Ele sorri, segura minha mão enquanto me levanto. Pego sua jaqueta, limpo a areia dela e a devolvo, mas ele a põe nos meus ombros. Seguimos em direção à estrada.

— Você me chamou de "peregrino"?

— O quê?

— Pensei ter ouvido, quando a gente estava sentado na praia, você me chamar de "peregrino". Devo ter sonhado.

— Não, na verdade eu a chamei de "falcão-peregrino". Sabe o que ele faz?

— Sei. Essa espécie de ave nunca permanece no mesmo lugar.

Ele caminha na minha frente e para de repente, para me ajudar. Luto para andar na areia fofa. Ele pega minha mão e me puxa.

— Você consegue?

— Sim.

Quando chegamos à estrada, seguro a mão dele com um pouco mais de firmeza e depois solto.

Ao retornarmos, encontramos Catherine acordada e sentada na sala, na cadeira-pavão. Está quase anoitecendo. Não sei por quê, mas começo a me explicar.

— Estávamos na praia. E eu, bem tonta, peguei no sono. Ernest não me acordou.

Ela não diz nada. Me encara.

— Fiquei fora muito tempo. Vejo vocês duas pela manhã. — Ele para na frente dela, como se fosse beijá-la. Mas ela parece não saber a diferença entre uma mordida e um beijo. Em vez disso, ele toca o joelho dela. — Te vejo depois.

— Ele sai.

— A gente só queria ficar um tempinho — digo. — A culpa é minha.

— Estou pensando em voltar.

— Ele não quer colocar você lá de novo — eu digo.

— Eu não me refiro a *lá*. — Ela esfrega a testa. — Quero voltar para os Estados Unidos. Tô pensando em ir para casa.

No escuro, tenho certeza de que fiquei roxa. Olho para longe dela, então me sento na outra cadeira-pavão.

— Você acha que ele vai querer voltar? — indaga.

— Pergunte isso a ele.

— Ele acha que aqui é o paraíso, mas nenhum lugar é o paraíso para mim.

Fico em silêncio.

— Eu sou o bicho da maçã — diz ela.

— Ah, Catherine — murmuro, tirando os sapatos e me inclinando contra o espaldar da cadeira, a linda cauda do pavão. — Não pense em si mesma desse jeito.

Ela acende o abajur. Dou com dois olhos me observando, um é um cometa e o outro, uma lua. Seus livros na mesinha de vidro inquebrável: *Arte agora* e *A última mágica*.

— Eu sou o bicho, ele é a maçã, e você, o que é? — pergunta.

O que mais eu poderia ser? Levanto e vou para a varanda onde fica a televisão; está passando uma reprise do campeonato de beisebol. "Coca-Cola é isso aí!" é exibido com destaque acima da cabeça do batedor.

59

Sempre que Ernest toca Catherine, não importa com que grau de ternura, ela se esquiva. Agora ele está tocando seu rosto, e ela é a mulher que se encolhe.

O vestido de Catherine é amarelo-canário. As sandálias de salto alto também são amarelo-canário.

Nós três estamos numa rua estreita, em pé contra a parede alta e caiada da fortaleza da catedral. Tento me lembrar qual é a diferença entre gótico puro e gótico flamejante. Será que num as pedras parecem pesadas, no outro, leves? Conforme Catherine anda, ela passa os dedos na parede branca. E a imagino como uma escultora medieval, pendurada em cordas, esculpindo pedras.

Ernest caminha no meio. Ele tocou o rosto dela só para tirar uma mancha de poeira (na verdade, era maquiagem muito pesada), e ela se encolheu. Agora ela passa as unhas na parede.

Catherine em seu vestido amarelo-canário. Observo seu perfil escuro contra a parede branca. De repente, Catherine para e se encosta na parede, os olhos quase se fechando à luz do sol.

Ernest usa óculos, daquele tipo com lentes que escurecem quando expostas à claridade solar e que se tornam cristalinas dentro de casa e nas sombras.

Catherine lança uma sombra sobre ele, e as lentes se tornam cristalinas.

— Quero voltar — diz Catherine.

Sei o que Ernest está pensando. Ele está pensando o mesmo que pensei quando ela me disse isso pela primeira vez. A respiração dele sai apressada. Não sei dizer se é alívio ou alarme.

Quero salvá-lo de algum constrangimento ou de algo pior. Digo:

— Ótimo, por que não voltamos todos pros Estados Unidos?

A respiração de Ernest se acelera novamente.

— É isso que você quer, Catherine? — pergunta ele.

— Sim.

Ele concorda com a cabeça. Ela se move para voltar a andar. Fora de sua sombra, os óculos de Ernest escurecem. Acho que consigo ver seus olhos atrás das lentes olhando para mim.

Catherine está lá em cima, cochilando na cadeira-pavão. Ernest e eu ficamos no andar de baixo, no depósito, onde estão os baús e as caixas. Também há apetrechos de pesca e equipamentos náuticos deixados pelos últimos inquilinos. O piso do porão é de pedra.

— Você está quieta até para os seus padrões — diz ele.

— Como?

— Até para os seus padrões, você está quieta.

Ele toca meu queixo. Não sou uma mulher que encolhe. Ele me beija, um beijo curto e terno. Passa os dedos pelo suor ao longo da linha do meu cabelo. Finalmente me afasto, pego uma das caixas e a carrego escada acima.

Quando desço para pegar outra caixa, Ernest desapareceu. Penso no conto de Elizabeth Bowen em que o garotinho acredita que, quando não se está na presença de certas pessoas, elas desaparecem, deixam de existir no mundo e só ressurgem quando você está na presença delas novamente. Quando você as deixa, elas desaparecem de novo do mundo. Por dois dias, Ernest não deu as caras. Por dois dias, ele desapareceu do mundo. Ou fui eu que desapareci porque ele não está aqui?

60

Na manhã do terceiro dia, vou até a praia. Ernest está lá, sentado num tronco. Quando digo seu nome, ele se vira. Está há dois dias sem se barbear.

— Você está bem? — pergunto.

Eu me ajoelho ao lado dele. Toco sua barriga e sinto algo áspero através da camisa. Levanto a camisa e descubro que está envolto em gaze.

— Quando isto aconteceu?

— Algumas costelas quebradas, só isso.

— Você deveria ter quebrado as dela. Eu teria quebrado.

— Não, você não faria isso.

Eu me levanto para voltar.

— Não fique assim — diz ele. — Não vá pra casa com essa cara.

Quando voltamos, Catherine está sentada em sua cadeira-pavão com o sorriso de *Mulher e bicicleta* do De Kooning estampado no rosto. Uso minha máscara de ambrosia para Catherine. Mas estou num mundo flutuante e não posso deixar de olhar para Ernest com outros olhos, e Catherine não pode deixar de perceber isso.

61

No sonho (devemos distinguir nossos mundos reais dos sonhos, embora vivamos tanto num mundo quanto no outro), eu estava diante do conselho de anciões. Eu tinha feito algo errado, de alguma forma havia contrariado as regras do mocambo.

Um jovem avança para me defender. Não sei quem ele é. Seu cabelo está alto como uma floresta selvagem. Ele pergunta aos anciões por que não me dão uma advertência primeiro; diz que uma advertência seria suficiente, que não precisam tomar medidas mais drásticas.

— Ela não é o tipo de mulher que atende a uma advertência — dizem os anciões.

O jovem tenta apresentar meus méritos: a bravura que mostrei na última batalha, em que lutei tão aguerridamente quanto qualquer um dos homens.

Os anciões respondem que usei minha magia; que os enfeiticei para que acreditassem que eu havia lutado bravamente, quando, na verdade, me acovardei, amarelei e corri. Os vapores mágicos das minhas plantas medicinais fizeram com que eles alucinassem com minha valentia.

— Ela se intrometeu onde não devia — dizem os anciões.

O jovem diz que foram apenas palavras que usei.

— Palavras que não devemos utilizar — dizem os anciões. — Palavras que nunca deveriam ter sido ditas aqui.

— Talvez seja possível que ela não soubesse que suas palavras teriam tanto poder para ofender... Agora que ela sabe... ela pisará em ovos...

— Aí é que está. Se ela fosse uma verdadeira curandeira, suas palavras teriam nos *defendido*. Poderíamos ter ido para a batalha armados com nossas armas *e as palavras dela*. Ela nos enfeitiça para acreditar nela quando não é nada além de um perigo no mundo!

O jovem espera em pé ao meu lado.

— Você está com dor de cabeça? — sussurra ele.

— Sim, e enjoada também.

— Leve a mão para trás.

Levo a mão para trás. Ele me entrega uma erva e a coloco na boca.

— Vejam, ela rumina como uma vaca; ela deve ser má.

— Com chifres e cascos — declara outro.

— E a protuberância de crocodilo em suas costas foi o que a identificou. Não precisamos procurar mais nada depois que descobrimos isso. Se ela fosse uma curandeira de verdade, ela se curaria antes de fazer reivindicações sobre o que pode fazer por nossas filhas!

— Feiticeira!

— Ela viveu todos esses anos entre nós — defende o jovem.

— Desde que você tinha dentes de leite, pirralho. Fora daqui!

O jovem se mantém firme.

— Está grudada nela, olhem! Está grudada nela como um sinal de beleza!

— Ou de feiura! — grita outro.

— Talvez devêssemos banir esse sujeito irritante também!

— Não, senhores, é exatamente isso que ele quer. A melhor punição para essa arrivista seria deixá-la ir e manter o patife aqui!

Os guardas vêm e escoltam o jovem para longe.

— Suponho que você também nos fez alucinar em relação a ele — diz o chefe dos anciões. — Você não tem defensores aqui! Os termos do seu castigo, sancha, feiticeira, são os seguintes: você será mandada para fora da aldeia, montanha abaixo, uma mulher sozinha, e você sabe o que isso significa, querida.

— Ela sabe o que isso significa.

— Se nossos inimigos a capturarem...

— Ela sabe o que isso significa. Ela não pode provocar alucinações para escapar disso!

— Enviada sem comida nem bebida...

— Ou roupas?

— Ah, deixe que ela fique com as coisas; é tecido de casca, de qualquer maneira.

— Deixe que ela fique com as coisas; tecido de casca, de qualquer maneira.

Descanso debaixo de uma árvore-do-viajante.

— Esse é o sonho todo? — pergunta Catherine, aproximando-se.

— Sim, é o sonho todo.

— E o que acontece depois da parte da árvore-do-viajante? — indaga, olhando para mim, o dedo enfiado no nariz.

— Nunca vou além da parte da árvore-do-viajante.

— Sabe o que eu continuo esperando? — pergunta Catherine, encostada na árvore.

— O quê?

— Continuo esperando que esta árvore-do-viajante se abra e te acolha. Que te ofereça um novo lar.

— As coisas não acontecem assim.

— Nos sonhos acontecem — diz Catherine.

— Não nos meus sonhos, neles, não.

— Isso deve ser um lindo sonho de viajante, menina — diz ela. — Meus sonhos são loucos; neles, tudo pode acontecer. Tudo é possível.

— *Isso* é possível?

— *Isso* o quê?

— É possível, Catherine? — insisto.

Ela encosta o rosto na árvore.

— Não gosto deste sonho. Como você me meteu nisto aqui, afinal de contas? Quero sair.

Dou de ombros e digo a ela:

— Quando um sonho toma conta, o que você pode fazer, garota?

— Se eu fosse uma árvore-do-viajante, sabe o que eu faria?

— O quê? Você se abriria pra mim?

— Lógico — responde ela, sorrindo. — Eu me abriria e engoliria você!

62

Ernest e eu sentamos um de frente para o outro nas cadeiras-pavão.

— Seu livro sobre curandeiros baianos é muito bom — ele disse. — Também gostei da sua dedicatória: "Aos curandeiros".

— Isso inclui você também.

— Não curei ninguém.

— Bem, você tenta.

— Todo mundo tenta.

— Não, "todo mundo" nem sequer tenta. De jeito nenhum.

Ele não disse nada por um momento. Coçou o bigode. Exalava perfume de lavanda e hortelã. Vestia camisa social, mas o tecido era jeans.

— Gosto muito mais desse livro que da sua ficção, na realidade. Embora pareça ficção. Quero dizer, o estilo é ficcional, mas parece ter bem mais abrangência. É divertido e sério, quase surreal em algumas partes. E os curandeiros são muito interessantes, como personalidades. Um deles parece quase mítico; a seção dedicada a ele parece uma espécie de fábula. — Movimenta a cabeça. — Gosto muito. E é inteligente. Quero dizer, dá pra ver que uma mulher inteligente o escreveu.

— E não apenas uma mulher safada?

Ele franziu a testa, olhou pela janela.

— É assim que um artigo me chama, algumas de nós. Era para ser uma piada.

— O quê, o artigo?
— Não, eu dizendo isso agora.
Me senti envergonhada.
Ele disse:
— É meio que na minha área de interesse, embora não seja exatamente o que você chamaria de *ciência*. Mas esse material psicocinético também não é ciência. Está no limiar. Lasers na medicina, esse é o futuro. Mas existem todos os tipos de remédio que não são oficiais, mas funcionam. Ainda assim, estão curando com luz; quem teria pensado nisso? Às vezes me pergunto como seria se fosse mais fácil para nós.
— Como assim?
— Se ao menos pudéssemos levar Catherine a um bom médico feiticeiro.
Ri um pouco.
— Conheço uma mulher que ainda acredita neles. Ela foi a um, disse que a curou com música.
— Bem, se música bastasse, Catherine seria a mulher mais sã do mundo!
— É melhor acreditar! Essa mulher afirmou que conhecia as combinações certas de sons. Acho que simplesmente não sabemos as combinações certas de sons.
— Dê-nos a combinação certa de sons! — disse ele, e levantou as mãos ao céu. Parecia estar numa igreja.
Rimos até que nossa risada soasse quase como uma fórmula encantatória.

63

No ateliê de Catherine, selecionamos e numeramos as esculturas, algumas a serem enviadas para seu agente em Nova York e outras para sua casa em Detroit.

— Eu quero enviar esta aqui para o meu agente — diz Catherine.

— Não, não envie essa... ela ainda não tá pronta — sugere Ernest. — Precisa de mais trabalho, não acha?

— E esta? — pergunta Catherine. E então: — Devo enviar para Detroit ou para o meu agente?

— Não, nenhuma dessas, Catherine, não para o agente. Você quer que estejam boas o bastante. Não acho que já estejam boas o bastante. O que acha?

Catherine está parada com as mãos nos bolsos da calça amarela. Espremida num canto. Murmura algo que não conseguimos ouvir.

— Não, encha essa com palha — Ernest me diz. — Ela tem que ser embalada com palha. E não toque nesta. Eu mesmo a embalarei.

— E eu? — pergunta Catherine de repente.

— Você? — Ernest se vira e a encara.

— Quero ser embalada com palha e enviada de volta também — diz ela.

— Você tem que falar alto — diz Ernest. — Não ouvi.

Mas Catherine não consegue falar; fica com a cabeça inclinada, parecendo idiotizada, então se abaixa e pega a *Apanhadora de pássaros*.

Começo a gritar "Cuidado!", mas só sai "Cui", pois ela está se curvando em direção a um caixote para guardar a escultura.

Pego um punhado de palha e forro o fundo de uma caixa. Pego outro punhado.

— Não vou voltar com vocês — digo com naturalidade.

Ernest está de costas para mim e não se vira, embora eu veja seus ombros enrijecerem. Ele continua embalando as coisas.

Catherine parece ter se espremido ainda mais no canto. Coça o lábio inferior e olha para as costas de Ernest.

Quando ela olha para mim, sinto como se eu já tivesse desaparecido.

O ELEFANTE DE PELÚCIA

Numa loja de suvenires, compro um elefante de pelúcia.
— Um saldo da Convenção Republicana — diz a vendedora. — Eu não fiz uma grana quando eles estavam aqui. Achei que fosse fazer, mas não fiz. Na verdade, perdi dinheiro... Você é republicana?
— Não, só gosto de elefantes.
Quando volto para o apartamento, meu marido ergue os olhos, preocupado.
— Onde esteve? É só eu virar as costas que você desaparece.
Ele saiu apenas um minuto para pegar Coca-Cola na máquina. Não trancou a porta. Agora está me olhando como se eu tivesse alguma arma. Sei que ele quer me revistar, me desmontar.
— Só saí pra passear. Vi este elefante e comprei. É legal, né?
Mostro-lhe o elefante. A tromba está erguida. A pequena língua rosa está para fora. Coloco-o sobre a mesa de centro. Sei que ele quer desmontar o elefante.
— Um saldo da Convenção Republicana — ecoo a explicação da vendedora.
Ele não diz nada. Abre minha lata de Coca-Cola e a entrega para mim. Agora está olhando para a lata, imaginando que arma pode ser feita a partir dela. Mas as latas hoje são muito frágeis. Qualquer um pode esmagá-las com a mão. Até uma mulher nada musculosa.

Agora olha para mim. Odeio quando ele olha para mim como se não soubesse que sou Catherine.

— Você quer dar a palestra, né?

— Sim.

— Acho que você deveria. Acho que vai ser bom pra você.

— Sim.

Mas, quando chegamos ao hotel, ele me deixa em pé no corredor e vai até a recepção nos registrar. Fico no canto ouvindo os comentários das pessoas.

— Aposto que ela vai desmoronar lá dentro!

— Adoro isso! Você sabe que ele a tirou da clínica em Ann Arbor. Ele a tirou de lá só pra poder vir aqui e dar a palestra.

— Não acho certo.

— Mas o evento foi organizado antes de conhecerem a história. Shirley disse que não sabia que Catherine Shuger estava naquela situação. Perguntei onde ela esteve.

— Aposto que ela vai desmoronar!

— Eu não perderia isso por nada no mundo. Ela tem entrado e saído de clínicas há anos.

— Sinto muito por ele. Acho que sabe o que está fazendo. Pobre homem.

— Acho que ele a está explorando.

— Pra que ele precisaria explorá-la? Você simplesmente não conhece Ernest Shuger. Ela é o demônio, não ele. Só não o entendo.

— As coisas que ela está fazendo atualmente, você viu?

— Minha nossa, sim.

— Me lembro de uns dez anos atrás...

— Sempre achei que ela fosse a melhor...

— Mas eu só gostaria de saber onde estava o movimento negro.

— Mas não faça isso.

— Toda aquela raiva, a gente realmente esperava algo dela.

— Sim, mas todos nós pensávamos que fôssemos a geração, né?

— Todo mundo pensa.

— Ainda gostaria de saber onde estava o movimento negro.

— Aquela ali é ela? Menina, é melhor falar baixo!

— Aquela ali é ela? Não é ela. Essa não pode ser Catherine Shuger! Ela era tão bonita...

— Aquela também é ela... Lembro que éramos todos impressionados com essa garota impetuosa de Atlanta.

— Não era Jackson?

— Não, Atlanta. A jovem brilhante, inteligente e enérgica incentivando todos nós a construir um mundo melhor.

— Se *for* ela, dá pra cortar o ar de burguesa com uma faca.

— O que esperava, os pais dela não são médicos? Bem, você sabia como ela iria acabar.

— Ela te disse isso? Ela me disse que a mãe era lavadeira e o pai trabalhava numa fábrica de tratores.

— Sério? Bem, ela era uma das principais militantes do campus. Acho que isso a envergonhava. Todas nós, garotas simples. Descobri um dia, quando vim dar pra ela um daqueles auxílios, que ela nem recebia a bolsa; seus pais haviam desembolsado tudo, menina! Bem, você sabe, naquela época estávamos todos tentando superar uns aos outros, não como os jovens fazem agora, superar pobres e negros, do jeito que pensávamos que a geração de nossos pais estava tentando...

— ... embranquecer uns aos outros! Garota!

— Ela era uma garota estranha, mas tinha toda aquela raiva e energia quando nos encorajava naquelas manifestações, aí eu a visitava às vezes no dormitório quando ela estava desenhando, e ela realmente era uma garota de fala mansa, uma menina-mulher, dificilmente alguém diria que era a mesma pessoa... Quero dizer, essa aí simplesmente não se parece com ela pra mim... Talvez seja ela ali?

— Não, menina, eu sei quem é essa! Acabei de voltar da leitura que ela fez na Wayne State. Uma escritora. Shirley quis que eu fosse com ela. Nunca tinha ouvido falar dela. Mas. Menina, eu fiquei *vermelha*, e você sabe que demora muito para *eu* ficar vermelha. E então ela leu algum artigo de viagem em que estava trabalhando. Bem, na minha opinião, nenhuma daquelas coisas precisa ser lida em público.

— Ora, o que você espera dessas nova-iorquinas?

— Ela não é de Nova York; é de uma cidadezinha suja em Ohio ou Deus sabe onde. Nossa, você deveria tê-la ouvido se gabar disso também. Misericórdia, quase tive um ataque.

— Um daqueles lugares barra-pesada, "sai da frente"?

— Sai da frente e fica de boa no seu canto!

— Sei o que quer dizer.

— E se gabando disso, querida. Quase tive um ataque ali mesmo. A Shirley continuou me cutucando. Ela sabia quem era a mulher, mas eu não a conhecia até então e, depois de ouvir essas coisas, também não quero saber dela. Nunca ouvi tanta "vadia isso" e "vadia aquilo" e outras coisas de boceta, menina. Não estou brincando. Estou falando muito alto? Quero dizer, não falo tanta obscenidade nem quando estou dormindo. Eu não contaria nem ao meu diário essas coisas que ela aborda diante do público em geral... Não somos da mesma laia dessa daí, como se dizia antigamente.

— Sei o que quer dizer.

— A Shirley ficava me cutucando.

— O que sabe sobre Ernest? Esse, sim, é um gato. Se alguma vez houve um homem no mundo com o *nome certo*, aí está! Shuger! Açúcar autêntico!

— Açúcar *mascavo* autêntico!*

— Isso mesmo, garota. Concordo. Enfim, como ele conheceu essa mulher? Sei que ele se arrepende daquele dia.

— Não sei como se conheceram. O pai dele é fazendeiro em Minnesota e o mandou pra faculdade de medicina da

---

* O sobrenome de Ernest, Shuger, tem pronúncia bastante similar à da palavra *sugar* (açúcar, em inglês). Por isso o jogo de palavras com conotação sensual incluindo a *sugar* o adjetivo *brown* (marrom), numa referência ao tom da pele dele, originando o termo *brown sugar* (açúcar mascavo). [N.T.]

Universidade de Michigan pra ser médico; ele desistiu e começou a escrever sobre medicina em vez de praticá-la, embora, pelo que ouvi, ele tenha conhecimento suficiente para ser médico, se quiser. A gente simplesmente não sabe nada sobre algumas pessoas...

— Bem, tem alguém em quem ele pratica...

— Menina, você é demais. Enfim...

— Gostaria que fosse em mim.

— Estou te ouvindo. Mas, enfim, o que eu estava dizendo? Você me fez perder o fio da meada.

— Sobre como ele a conheceu.

— Não sei como ele conheceu essa mulher, mas ele merece coisa melhor... Agora, eu poderia colocar vários outros homens na frente dela e dizer que ela é o que *eles* merecem, mas não ele. Lembro que eu tinha uma quedinha por ele. Realmente não sei como se conheceram, porque ele não era do nosso círculo, sabe? Nem sei se ele tinha um círculo, pra falar a verdade. Apenas fechei os olhos um dia, e, quando abri, eles estavam juntos. O amor é estranho. Qualquer um que esteja realizando um estudo sobre como *o amor é estranho* deveria dar uma olhada neles... Não sei o que tem de errado com aquela mulher. Poderia ser qualquer outra mulher, mas uma mala dessas. Não sei o que faz algumas pessoas ficarem juntas.

— Todos nós esperávamos muito dela. Mudar a arte. Mudar o mundo. Sempre gostei dela, mas era uma daquelas pessoas com aquele ar moralmente superior o tempo todo. Você sabe. Idealista *demais*.

— Éramos todos muito idealistas.

— Sim, eu sei, mas até mesmo nisso ela era meio desconexa. Nenhum de nós conseguia se decidir sobre ela. Uma excluída entre os excluídos, era assim que Mejia a chamava. Ah, ela estava *com* a gente, mas... Bem, tinha um grupo entre nós que *a amava*, e outro grupo que achava que ela se comportava como se a merda dela não fedesse. E ela ficava tão brava com todos nós, nossas lutas internas e nossa mesquinhez, e, menina, poderíamos ser *mesquinhos*, ela dizia que nos comportávamos como se estivéssemos lutando contra moinhos de vento, quando era contra gigantes que lutávamos.

— Isso é bem a cara dela.

— A Mejia também gostava de ficar um pouco sozinha, meio que sentar e parecer que estava se divertindo...

— Sim, mas ela era da Colômbia, um lugar desses, não dava pra esperar que ela se *misturasse*.

— Tinha tanta bunda nela quanto em qualquer outra.

— Sim, bem, ela concorria com a gente, mas não como a Miss Argentina.

— Sim, eu me lembro da Miss Argentina.

— Qual era o nome dela?

— Só que era da Nicarágua, acho.

— E por que todo mundo a chamava de argentina?

— Sei lá.

— Só sei que ela tinha mais bunda que eu.

— Mejia sabia que era negra.

— Hum-hum.

— O que será que ela está fazendo agora?

— Não duvido que seja guerrilheira em algum lugar.

— Tomara que ela não desapareça lá embaixo. Muitas pessoas estão desaparecendo.

— Alguém contou que Loyola foi à Colômbia para fotografar.

— Não, ela está *na* Columbia ensinando fotografia. Eu sei.

— Ah, tá.

— Bem, sei que Mejia deve ser uma guerrilheira. É por isso que ela provavelmente se divertia tanto com a gente. Fazendo o papel de revolucionários quando conhecia Che.

— Não, ela não conhecia Che, na verdade conhecia o irmão dele, Raul. Você acredita nisso?

— Hum-hum. E se *for* ela?

— Aposto que ela vai desmoronar. Olhe para ela.

— O Ernie parece bem.
— Concordo. Gostaria que ele se lembrasse de uma de nós e viesse até aqui.

Vidro, pedras, pregos, chaves de fenda, furadeiras: objetos que não posso usar.

— Ela nem ia a festas, menina. Estava sempre importunando a gente em alguma manifestação, escrevendo algum novo manifesto de arte negra ou pintando, como se pudesse lutar contra gigantes com estética! Era pintura na época: mais tarde passou para a escultura. Alguma coisa que ela escreveu sobre a figura tridimensional e sua relação com a estética negra. Seja o que for, não vejo nada disso no que está fazendo agora!

— Meu pai dizia que algumas pessoas simplesmente não sabem lidar com a decepção. Acho que é isso. Acho que ela simplesmente não sabe lidar com a decepção.

— Decepção? Com o que ela estaria decepcionada? Eu gostaria de ter metade do que ela tem. Gostaria de ter aquele homem todinho!

— Ah... decepcionada com ela mesma, quero dizer. Com o que ela esperava de Catherine.

— Só sei que eu esperava outra coisa. Se essa for ela, eu não acredito. É ela?

O ABRIDOR DE CARTAS

Ele abriu os olhos, e eu estava segurando o abridor de cartas bem diante de seu pescoço. Apenas abriu os olhos e olhou para o abridor de cartas e depois para mim. Virou-se para o outro lado e esperou. Então me ofereceu alguns momentos para fazer algo, se eu fosse fazer. Depois disse:

— Quer tomar banho primeiro ou posso ir?

Como se fosse uma manhã comum, como se ele estivesse morando com uma Catherine qualquer.

— Vou primeiro — eu disse, e pus o abridor de cartas de volta na gaveta. Quando voltei, a cama estava feita, e ele estrava em pé só de cueca.

— Terminei — eu disse.

Então ele foi para o banheiro e tomou seu banho. Meu remédio estava na mesinha de cabeceira com um copo d'água. Peguei o remédio, olhei na gaveta da mesinha, e o abridor de cartas havia sumido.

Ele não é bobo, sabe?

ANTES DE ENTRAR, JÁ SEI QUE HÁ MUDANÇAS

Antes de entrar, já sei que há mudanças. Sei o que não reconheço. Não reconheço nada que possa machucar. Não reconheço nada com pontas afiadas.

— Qual o problema? — pergunta ele.

— Nada — respondo.

À noite, enquanto ele está dormindo, eu poderia engolir seu ar.

Mas ele não passa a noite aqui.

TRABALHO INÚTIL

— Você está liberada apenas por algumas horas, então terei que levá-la de volta ao hospital — diz ele. — Por que não tenta trabalhar em alguma coisa?

Mas não faço nada. Fico sentada à mesa de trabalho e mastigo minhas mãos.

Sabe por que algumas vezes tenho medo de abraçá-lo?

AMANDA ESTÁ SENTADA NA MINHA FRENTE

Um de seus olhos é maior que o outro. Um de seus olhos parece ter um demônio e o outro, um anjo. Amanda está sentada na minha frente. Um de seus olhos é maior que o outro. Num deles tem um anjo sentado; no outro, um demônio. É por isso que sempre gostei dela?

EU AGARRARIA A PARTE ERRADA

E se eu apanhasse Ernest numa rede, assim como se apanha uma raposa, eu agarraria a parte errada do rabo, e ele se viraria e me morderia.

UMA PERGUNTA DESSAS

— O que pensa quando você e seu marido fazem amor? — pergunta minha psiquiatra.

É apropriado fazer uma pergunta dessas?

Mas estamos nos Estados Unidos. Quando alguém se submete a um psiquiatra, submete-se inteiramente.

A SOMBRA DELE

A sombra dele parece inspecionar a minha.

COMENDO BELEZA

Estávamos sentadas no ateliê da Gillette, comendo sanduíches de peixe e tomando café.
— Chamo essa pintura de *Yeats* — diz ela. — Ele foi muito profético. Você sabia que ele previu o anticristo do ano 2000?
— Não foi só ele que previu — respondo.
— Hum, não sei, mas, hum, ele previu. Cristo, porém, era o anticristo dos egípcios. Digamos assim.
Tiro uma pequena espinha de peixe da língua.
— Não li muito Yeats, a não ser os poemas de Crazy Jane.
— Você gosta de Goethe?
— Sim.
— Chamo essa pintura de *Eu também tive momentos de fantasia*. Não sei se os críticos vão entender a alusão; vão encontrar sexo, como fizeram naquela última tela. Eu queria ser chamada de inteligente só uma vez. X é erótico e o chamam de inteligente o tempo todo.
Eu não digo nada. Dou outra mordida no sanduíche.
— Com a gente, é uma coisa ou outra. Mas adoro usar alusões literárias na arte, como pequenos quebra-cabeças, sabe, pequenos códigos... Você vai ficar com raiva de mim por dizer isso?
— Dizer o quê?
— Bem, que você não tem um repertório de literatura realmente *bom*, digamos assim, por isso não pode usar *grandes* alusões literárias em seu trabalho, caso tenha pensado em usar.

Mordo a espinha.

— Bem, acho que você poderia usar a música. *Jazz* é ótimo, o *spiritual jazz*. Nunca consigo me envolver de fato na *soul music*. Não gosto. Mas a música, acho que poderia ser uma boa alusão em seu trabalho, Coltrane influenciando sua escultura, isso é muito legal, não acha? Ou alguns dos grandes discursos, como o de Martin Luther King. Acho que sim. Mas como será que você faria isso? Não sei como você concorreria com isso.

Tiro outra espinha de peixe da língua. Eu a desosso.

— Talvez eu mesma devesse ouvir um pouco de Coltrane! — Ela ri.

Ela está diante de sua mesa de trabalho, e eu sentada numa pequena cadeira de balanço antiga.

— Você é muito gentil por vir aqui e me fazer companhia quando tem seu próprio trabalho — diz ela. — Hum, você está tão quieta. O que foi?

— Não sei. Só fico mal-humorada às vezes. Não é nada.

— Hum, te entendo. Se não estou mal-humorada, estou furiosa. E, às vezes, às vezes não sei onde estou.

— Você pinta melhor que a maioria dos artistas que sabem onde estão.

— Uau, obrigada. Fico feliz com isso, vindo de você.

— Por que chama essa pintura de *Comendo beleza*? É uma alusão literária também?

Ela ri.

— Não. Meus pais acham que sou louca por tentar ser artista. Falo pra eles que quero fazer beleza. Eles me dizem que não se pode comer beleza. É por isso que chamo essa tela de *Comendo beleza*. Sabe?

Faço que sim com a cabeça. Ela pinta com um desentupidor. Você sabe como é. Lembra uma grande vagina. A pintura, não o desentupidor. Bem, talvez o desentupidor também lembre.

— As pessoas acham que sou má e egoísta porque não quero casar e ter filhos, como querem as outras garotas da nossa cidade, mas isso acabaria com meu trabalho, sabe? Quando você tem um filho, significa que está pronta para desistir.

— Não acredito nisso.

— Acredite, Cathy. E não estou pronta para desistir, longe disso. E nunca estarei pronta pra desistir! — Ela enrola o cabelo com os dedos e penteia a mecha para trás da orelha. — Eu nunca mataria meu trabalho por causa de um homem ou de um filho. Não mesmo. Eu *os* mataria antes... Você acha que sou louca, né?

— Não — murmuro.

— Mas você vai se casar, Cathy — afirma. — Ah, você *vai*, e vai ter muitos filhos e vai...

— Não vou desistir.

— Ah, sim, você vai, Cathy. Você vai. E sabe por quê?

— Por quê?

— Porque você não é vadia o bastante.

Eu a encaro.

— Porque você devia ter me mandado pro inferno lá atrás, quando eu lhe dizia como devia fazer o seu trabalho, e não mandou!

VOCÊ NÃO VAI ME APRESENTAR A ARTISTA?

— Você não vai me apresentar a artista?
— Ah, Catherine, este é um de nossos famosos historiadores de arte.
— Maravilhosa, maravilhosa. Me lembra as coisas que os Cree, são os Cree mesmo?, fazem com suas canoas, os entalhes, tão eloquentes e primitivos. Percebo alguma influência de Gillette Viking aqui? Você precisa tomar cuidado com aquela garota; ela é um monstro. — Esfrega as mãos. — Ah, agora este, este é o tipo de arte que eu gosto. Eu realmente amo. Eu poderia comê-la. — Ele estala os lábios. — Bem, esta é certamente uma exposição maravilhosa. Não a guarde só pra você. Deixe-a socializar.
— Estou tentando convencê-la a ir conosco para uma recepção no rancho, mas ela não vai.
— Ela não vai?
— Não, não vai.
— Bem, com certeza é uma exposição maravilhosa; com certeza lançou para mim uma nova luz sobre o trabalho dela. Ainda acho que a *Apanhadora de pássaros* lida com o destino sexual de uma mulher. Mas o que sei sobre isso? Sou apenas um historiador de arte. — Ele pisca para mim.
Seguro o copo de xerez contra a cintura.
— Não se deixe enganar pelos historiadores de arte — diz o diretor.
— Você deveria ir ao rancho — diz o historiador.
— Não, meu marido está me esperando no hotel.

— Você é casada? Ainda parece uma garotinha. Mas deixe que ele espere. — A mão dele no meu braço.
— Vá pro inferno.
Ele resmunga e se afasta.

APRESENTANDO GWENDOLA

Ela senta no corredor. Parece estar explorando uma mão com a outra. Quando passar por ela, diga oi, mas não faça perguntas.

RETRATO

O nariz parece repleto de pó, mas o restante do rosto é tão brilhante.

A DIRETORA DA GALERIA DEMONSTRA SURPRESA

A diretora da galeria demonstra surpresa.
— Sou Catherine Shuger — digo.
— Você é Catherine Shuger?

Sonhei que Gillette e eu fomos à galeria no mesmo momento.
A diretora da galeria passou por mim para chegar até Gillette.
— Ah, você deve ser Catherine Shuger.
— Não. — Gillette ficou amuada. — Aquela é Catherine Shuger.
A diretora da galeria se virou, mas não conseguiu encontrar o caminho de volta até mim.

NAQUELA VEZ, ERN VIU ALGO

Naquela vez, Ern viu algo que Gillette fez. Num livro sobre arte moderna. Nós o folheávamos.

— Ela é boa, né?

Não digo que a conheço.

— Acho que ela é muito boa — repetiu.

Não havia a fotografia dela, apenas da obra.

— Acho que esta aqui é melhor. — Apontei para outra.

— Ah, ela é imensamente melhor que essa.

O que fazem os tordos?

— Você também está neste livro?

Eu me encontro.

— Por que deixou colocarem esta? É a sua pior escultura. Faz você parecer apagada.

AMBIÇÃO, OU OUVINDO A VADIA

— Não tenho simplesmente um sonho menor — diz Gillette.
 — Como assim?
 Ela dá pinceladas vigorosas na tela com o pincel.
 — Quero que me chamem de a melhor — suspira. — Bem, pelo menos da minha geração. Gostaria de ser, pelo menos, a melhor da minha geração. — Ela ri. — Isso é ambição suficiente pra você?

Quando ela diz ambição, dá para ouvir a vadia.

Querida Amanda Mariner Wordlaw,

Achou que eu não soubesse seu nome de solteira, né, garota?

Você foi uma verdadeira filha da puta por não vir com a gente. Mas aí está você na sua ilha ensolarada, de todo modo. Ontem eu estava pensando naquela asneira que me falou sobre me exibir — sobre eu querer plateia —, sobre eu fazer o que faço para me exibir. Mas isso se aplica a você, querida. Nós que éramos um *espetáculo* para você; quando ficamos chatos, quando minhas tentativas não eram mais tão imaginativas, quando nos tornamos um filme que você tinha visto vezes demais e quando achou que realmente precisava fazer uma *participação* séria em nossa vida real — quando achou que realmente a *apanharíamos* —, você se mandou, digamos assim.

Mas consigo te ver agora, sentada naquela cadeira-pavão, rabiscando suas merdas, ou na praia procurando alguma nova beleza para escolher! E me devolva meu caderno, menina — sei que está com ele!

A propósito, conheci seu Lantis e sua Panda. Que menininha ótima! Falo de alguém que merece ser amada! E seu homem! Passei uma noite inteira com os dois, e estavam desejosos (ansiosos?) por saber que você estava sã e salva. Você realmente não sabe o que é a beleza, né? Você acha que é algo que se pode comer. (Se você está com meu caderno, sabe o que estou dizendo.) Uma vez você me chamou de vadia esquisita — ora, junte-se a nós, gata!

Sei que Ern estava começando a pensar em você como uma mulher melhor, mas você não é; é apenas mais uma criança mimada fodida. Talvez vocês devessem ter ficado juntos e transado loucamente, se era isso que queria. De qualquer jeito, era isso que as pessoas pensavam que você fazia. Ou talvez a gente pudesse ter tido uma daquelas brigas de bar, do tipo daqueles filmes de Velho Oeste, citando as suas vaqueiras. Posso imaginar a gente rolando no chão e Ern só sentado lá, sorrindo. Dando um alívio para ele, hein? Talvez eu devesse ter ido atrás de você. E aí, como gosta de seus cogumelos?

Mas ele não via quem você realmente era! A razão pela qual você não acredita no que aquela mulher "lâmina de barbear" fez se deve ao seu medo do que poderia ser capaz de fazer a si mesma. (Eu sei quem me enviou pelo correio aquele pássaro de vidro!)

Outra coisa. Fui ver uma das novas exposições da nossa Gillette. Não fui no dia em que avisaram que ela apareceria, não queria surpreendê-la nem assustá-la. Você não escreveu em algum lugar que era a mesma coisa: surpresa e medo? Bem, alguém deve ter dito a ela que eu estive lá, porque ela me enviou um cartão-postal pedindo que eu fosse passar um tempo com ela. Dá para acreditar nisso? Ela precisa saber que eu sei. Ela está indo para Marrocos, Amsterdã, Paris e perguntou se eu gostaria de ir junto. Talvez viajar sozinha a assuste. Você pode me imaginar como parte da comitiva dela? Enfim, enquanto olhava para as pinturas dela, comecei a pensar: ela simplesmente pode ser a melhor de nossa geração. Ela simplesmente pode ser. Mas então, considerando nossa geração... Nada pelo que valesse a pena matar, hein?

De uma vadia esquisita para outra.

Atenciosamente,
Catherine Peacock Shuger

EPÍLOGO

Dormi de costas para Lantis. No início, dormíamos de costas um para o outro. Então ele se virou para mim e pôs a mão no meu ombro.

— Que tipo de mulher você é? — ele perguntou baixinho.
— Não sei de que tipo — respondi.
— Não me venha com essa baboseira sobre ir encontrar a si mesma.
— Não vou dizer essa baboseira — falei. De qualquer forma, eu já tinha a mim mesma. Todos nós já não tínhamos a nós mesmos, para o bem ou para o mal?

A pressão no meu ombro fez com que me virasse para encará-lo.

— Manda-Panda? — perguntou.
— O quê?
— A gente não pode fazer melhor que isso? Não pode fazer melhor que isso?

Não respondi nada.

— Nunca imaginei isso — disse ele.

Se eu tivesse escrito a cena, na fala seguinte ele poderia dizer que deveria ter ficado de boca fechada, e ela responderia que ele era um homem honesto demais para isso, e...

— Nunca imaginei isso também — disse ela em vez disso.

ESQUEÇA ISTO E COMECE DE NOVO

PRÓLOGO

Quando o jovem no café olhou para cima, ele sorriu para mim. Eu o vi brevemente da área externa, e ele era o jovem mais bonito que já tinha visto. Olhos pretos, pele negra, cabelos pretos. Feições que pareciam ter sido lapidadas, sobrenaturais.

Fui até a mesa dele.

— Você é o rapaz que salvou a vida da minha amiga? — perguntei.

— Eu salvei a vida da sua amiga?

— Aquela mulher que você tirou da água, sou amiga dela.

Quando o garçom chegou, pedi um espresso e sentei à mesa do rapaz.

Eu o chamo de rapaz porque ele não tinha mais de vinte e três anos; para mim, isso é um rapazinho hoje em dia. Os braços na camisa branca de manga curta eram magros, mas ele parecia forte.

— Ah, aquela mulher — disse ele. — Ela diz que eu a salvei, mas, quando ela afundou e eu nadei até lá, não consegui encontrá-la. Mergulhei, mas não consegui encontrá-la. De repente, a mulher estava segurando minha panturrilha. Ela realmente lutou para ser salva, e a puxei pra cima. Para mim, foi ela que se salvou.

Tomei meu espresso.

— Como você se sente na sua pele?

— Não entendo, Señora. O que quer dizer com isso?

Eu sou sempre a Señora, sempre.

O jovem ainda está olhando para mim com os olhos escuros e calmos.
— O que quer dizer com isso, Señora?
— Como é — pergunto — ser o homem mais bonito do mundo?

SOBRE A AUTORA

Gayl Jones é romancista, poeta, dramaturga, professora e crítica literária. Nasceu em Lexington, Kentucky, em 1949. É figura-chave na literatura afro-americana do século XX escrita por mulheres, ao lado de Toni Morrison, Audre Lorde, Alice Walker, Octavia E. Butler e Tayari Jones, entre outras. Frequentou o Connecticut College e a Universidade Brown e lecionou no Wellesley College e na Universidade de Michigan.

É autora dos romances *Corregidora* (1975) — editado por Toni Morrison —, *Eva's Man* [O homem de Eva] (1976), *The Healing* [A cura] (1998) — finalista do National Book Award e Livro Notável do Ano de acordo com o *New York Times* —, *Mosquito* (1999) e *Palmares* (2021) — sua primeira publicação em mais de vinte anos, finalista do Prêmio Pulitzer de ficção de 2022 e vencedor de inúmeros outros prêmios.

Apanhadora de pássaros foi publicado originalmente em alemão, sob o título *Die Vogelfängerin*, em 1986, e somente em 2022 foi lançado em seu idioma original, o inglês. A obra foi finalista do National Book Award de 2022 na categoria Ficção e é a primeira da autora publicada no Brasil.

SOBRE A CONCEPÇÃO DA CAPA

A intensidade da escrita de Gayl Jones está impressa na paleta de cores inspirada pelo sol arrebatador de Ibiza e por outras localidades exuberantes mencionadas no livro, como as praias do Brasil e as florestas de Madagascar.

Numa mistura de desenho e colagem, a ilustração busca representar nuances das duas protagonistas da história, mulheres criativas repletas de desejos e dotadas de forte personalidade. Posicionada na quarta capa, a figura da narradora Amanda, escritora extremamente curiosa e dona de um passado nebuloso, revela seu papel de observadora da natureza incomum de Catherine, presente na primeira capa, a escultora talentosa que, a um só tempo, abarca o poder de criar e o impulso de destruir.

Entre detalhes da paisagem, dos acessórios e das vestimentas, é possível captar a influência do movimento *black power* e a busca da expressão artística feminina.